COLLECTION FOLIO

Dave Eggers

Du haut de la montagne, une longue descente

Traduit de l'américain par Laurence Viallet

Gallimard

Cette nouvelle est extraite de *McSweeney's - Méga-anthologie d'histoires effroyables* (Du monde entier).

Titre original :

UP THE MOUNTAIN GOING DOWN SLOWLY

Né à Boston en mars 1970, Dave Eggers a fait des études de journalisme à l'université d'Illinois. Il a fondé la maison d'édition et revue indépendante *McSweeney's* dans laquelle écrivent de nombreux auteurs confirmés, mais qui donne aussi leur chance à de jeunes écrivains. Il publie également un magazine mensuel, *Believer*, et *Wholphin*, un DVD trimestriel de courts métrages et documentaires. À San Francisco, il a créé en 2002, avec Ninive Calegari, l'école « 826 Valencia » pour venir en aide aux enfants des quartiers défavorisés. Depuis, d'autres centres ont été ouverts à Chicago, Los Angeles, Seattle, etc. En 2000, il a publié *Une œuvre déchirante d'un génie renversant* qui lui permet de faire une entrée fracassante en littérature. Sont parus ensuite un roman cocasse et émouvant, *Suive qui peut*, et un recueil de nouvelles, *Pourquoi nous avons faim*, des fables cruelles et caustiques. En 2003, il a rencontré Valentino Achak Deng, un jeune Soudanais réfugié aux États-Unis. De leur amitié est né un livre bouleversant, *Le grand Quoi*, couronné par le prix Médicis étranger 2009. Il est également coscénariste du film de Sam Mendes, *Away We Go*, et de *Max et les maximonstres* avec Spike Jonze. Il vit aujourd'hui à San Francisco avec sa femme et ses deux enfants.

Dénonçant le racisme et l'analphabétisme, il est l'un des écrivains les plus audacieux de la jeune garde américaine. En 2004, *Time Magazine* a nommé Dave Eggers parmi les « 100 personnes les plus influentes du monde ».

Découvrez, lisez ou relisez les livres de Dave Eggers :

LE GRAND QUOI (Folio n° 5175).

Elle est sur son lit, sur son lit, Rita est sur son lit, les yeux au plafond, dans une chambre tellement bruyante, à une heure tellement matinale, en Tanzanie. Elle est à Moshi. Elle est arrivée la nuit dernière, dans une Jeep conduite par un homme du nom de Godwill. La lumière est éclatante au matin alors que la nuit a été follement, incroyablement noire.

Son avion avait eu du retard, et les formalités de douane avaient été longues. Un jeune couple d'Américains essayait de faire passer une grande boîte pleine de ballons de foot. Pour un orphelinat, ont-ils affirmé. Le douanier, kaki des pieds à la tête, avait retiré les ballons un par un avant de les faire rebondir sur le sol propre et étincelant, comme pour vérifier leur état. Finalement, l'homme avait été conduit dans une pièce adjacente, avant de réapparaître quelques minutes plus tard, levant les yeux au ciel à l'intention de sa femme, et frottant son index contre son pouce pour symboliser le bakchich. Les ballons de foot sont passés, et le couple a poursuivi son chemin. À l'extérieur le temps n'était pas humide, mais clair et dégagé, l'air était frais et léger, et un vieil homme noir aux cheveux blancs, mince et impeccable, en manches de chemise et cravate marron, avait accueilli Rita en silence. C'était Godwill, que l'hôtel avait envoyé pour la chercher. Il était minuit, et elle était restée très éveillée pendant toute la durée du trajet, qui avait été long, alors qu'ils roulaient en silence du côté anglais de la route, traversant la campagne tanzanienne ; rien que la lumière des phares et, de temps à autre, un jacaranda, les herbes hautes jalonnant la chaussée tout au long du chemin.

Arrivée à l'hôtel, elle a eu envie de boire un verre. Elle s'est rendue au bar, seule, chose inédite pour elle, avant de s'asseoir au comptoir à côté d'une sténographe de Bruxelles. La sténographe, dont le nom lui a échappé, sans qu'elle puisse le lui redemander, avait des cheveux noirs comme jais, épais et coupés au carré ; elle jouait avec sa serviette qu'elle tordait pour créer des formes torturées, de petites momies déformées. La sténographe : visage rond et informe comme celui d'un enfant, voix mélodieuse, accent apaisant. Elles ont parlé de la peine de mort, comparant la lapidation, fréquente dans certaines contrées musulmanes, à l'injection létale et à la chaise électrique des États-Unis ; bizarrement, la conversation était enjouée et détendue. Toutes deux avaient vu le même documentaire portant sur des gens qui avaient été témoins d'exécutions, et elles avaient été stupéfaites du peu d'effet que cela semblait avoir eu sur eux ; ils étaient renfrognés, indifférents. Assister à une exécution ! Rita en serait incapable. Même si on l'obligeait à s'asseoir derrière une cloison, elle fermerait les yeux.

Rita était pompette et chaleureuse quand elle a souhaité bonne nuit à la sténographe bruxelloise, qui a tenu sa main un peu trop longtemps entre ses doigts fins et froids. Franchissant la porte-fenêtre, Rita s'est retrouvée dehors, et a longé la piscine pour se diriger vers sa case, l'une des douze qui se trouvaient derrière l'hôtel. Elle est passée devant un homme vêtu d'un uniforme vert qui portait une arme en bandoulière, une espèce de fusil automatique dont le canon pointait derrière son épaule et, dans la lumière faible, semblait braqué sur la base de son crâne. Elle ignorait ce que cet homme faisait ici, elle ignorait s'il allait lui tirer dans le dos lorsqu'elle passerait à côté de lui, mais elle l'a fait, elle est passée à côté de lui, parce qu'elle avait confiance, elle avait confiance en ce pays, en cet hôtel : ils savaient pourquoi il devait y avoir un gardien lourdement armé, seul, près d'une piscine calme et propre, dont la surface était parsemée de feuilles. Elle lui a souri et il ne lui a pas rendu son sourire ; elle ne s'est sentie de nouveau en sécurité qu'après avoir refermé la porte de sa case, et celle des toilettes, et s'être assise sur la cuvette fraîche, se massant les orteils.

Le matin arrive comme un cri à travers un trou d'épingle. Rita contemple les cercles concentriques formés par les bambous qui composent le toit rond et conique de la case. Elle est allongée, immobile, les mains croisées sur la poitrine — elle s'est réveillée dans cette position — et, par la moustiquaire trop tendue, terrifiante, quasiment suffocante si elle y réfléchit trop, elle observe les cercles concentriques du plafond au-dessus d'elle ; ils sont au nombre de vingt-deux ; elle les a comptés et recomptés. Elle a compté, toujours allongée, éveillée, tout en écoutant quelqu'un qui, dehors, remplissait des seaux d'eau à la chaîne.

Elle s'appelle Rita. Ses cheveux sont roux comme ceux d'une Roumaine et elle a de grandes mains. De grands yeux et une bouche sans lèvres ; elle déteste, elle a toujours détesté sa bouche sans lèvres. Quand elle était petite, elle attendait que ses lèvres se forment, se remplissent, mais ça ne s'est jamais produit. Chaque jour depuis son seizième anniversaire, au lieu de grandir, ses lèvres ont rétréci. Les cercles qui constituent le plafond ne se touchent jamais. Son père était pasteur.

La nuit précédente, il lui a semblé par intermittences qu'elle savait pourquoi elle était en Tanzanie, à Moshi, au pied du Kilimandjaro. Mais ce matin, elle n'en a plus la moindre idée. Elle sait qu'elle est censée débuter l'ascension aujourd'hui, dans deux heures, mais à présent qu'elle est ici, après être passée par Amsterdam, être restée une heure ou presque, à minuit, dans la nuit fraîche en sortant de l'aéroport, s'être assise en silence pendant tout le trajet à côté de Godwill — il s'appelait vraiment Godwill, le vieil homme que l'hôtel avait envoyé pour la chercher, et cela l'avait remplie de joie parce que Godwill, « volonté divine », était… un nom si tanzanien —, à présent qu'elle est ici et réveillée, elle ne comprend pas la raison de sa présence en ce lieu. Elle n'arrive pas à se souvenir de ce qui l'a incitée à venir y passer quatre jours pour gravir cette montagne, jusqu'à son sommet d'une blancheur éclatante — pour faire un trekking que certains lui ont décrit comme violent, et même souvent fatal, et d'autres comme, eh bien, une promenade de santé. Elle ne savait pas si elle était en assez bonne condition physique, et craignait de s'ennuyer à mourir. Ce qui l'inquiétait le plus, c'était le mal d'altitude. Les jeunes y étaient plus sujets, avait-elle entendu dire, et à trente-huit ans elle n'était pas sûre de l'être encore — jeune — mais elle avait le sentiment que, allez savoir pourquoi, elle y serait particulièrement sujette et qu'il faudrait qu'elle sache rebrousser chemin le moment venu. Si la pression dans sa tête devenait trop forte, elle devrait redescendre. La montagne faisait presque six mille mètres d'altitude et tous les mois quelqu'un mourait d'un œdème cérébral, or il existait des méthodes pour s'en prémunir. De profondes inspirations amenaient plus d'oxygène dans le sang, dans le cerveau, et si ça ne marchait pas, si la douleur persistait, on pouvait prendre du Diamox pour fluidifier le sang et parvenir au même objectif plus rapidement. Mais, comme elle détestait prendre des pilules, elle s'était juré de ne pas le faire, et se contenterait de redescendre si la douleur devenait intolérable — mais comment saurait-elle qu'elle devait faire demi-tour ? Quelles étaient les phases qui précédaient la mort ? Et si elle se décidait trop tard ? Peut-être réaliserait-elle à un moment donné qu'il était temps de faire demi-tour et de redescendre, mais s'il était déjà trop tard ? Il était possible qu'elle décide de partir, qu'elle se prépare à revivre à une altitude moins élevée, mais qu'alors la montagne n'en fasse qu'à sa tête et que, sur un sentier ou sous une tente, elle meure.

Elle pouvait rester dans la case. Elle pouvait aller à Zanzibar et boire au soleil. Il n'y avait rien qu'elle aimait plus au monde que de boire au soleil. Avec des inconnus. Boire au soleil ! Sentir sa langue et ses membres s'engourdir tandis que sa peau rôtissait lentement, et que ses pieds s'enfonçaient plus profondément encore dans le sable fin.

Ses mains sont toujours croisées sur sa poitrine, et dehors, derrière sa case, on continue de remplir des seaux, bruyamment, régulièrement. Quelqu'un est-il en train de prendre l'eau destinée à sa douche ? Chez elle, à Saint-Louis, son propriétaire lui chipait toujours son eau — alors pourquoi la même chose n'arriverait-elle pas ici, dans sa case de Moshi, où un gecko presque transparent se baladait sur un plafond conique dont les cercles, de plus en plus petits, ne s'entrelaçaient jamais ?

Elle a acheté de nouvelles chaussures, coûteuses, elle a emprunté un sac à dos, énorme, un tapis de sol, un sac de couchage, un gobelet et des douzaines d'autres choses. Toutes en plastique et en Gore-Tex. Les articles étaient légers, séparément, mais très lourds une fois rassemblés, et tout a été empaqueté dans un grand sac à dos violet posé dans un coin de la case ronde ; elle n'a aucune envie de porter le sac et se demande pourquoi elle est venue. Ce n'est pas une alpiniste, ni une marcheuse chevronnée, elle n'a pas non plus besoin de se prouver qu'elle est en forme en crapahutant dans les montagnes pour s'en vanter ensuite, l'air de rien, auprès de ses amis et collègues. Ce qu'elle aime, c'est le squash.

Elle est venue parce que Gwen, sa sœur cadette,

l'avait souhaité, elles avaient acheté les billets ensemble, pensant que ce serait le voyage idéal avant que Gwen fonde une famille avec Brad, son mari. Mais elle n'avait pas attendu et elle était tombée enceinte, très tôt, six mois avant ses prévisions ; elle ne pouvait donc pas faire la randonnée. Elle ne pouvait pas faire la randonnée mais cela n'interdisait pas — Gwen utilisait cette formule à tire-larigot et au petit bonheur la chance, comme certains utilisent le curry — à Rita d'y aller. Le voyage n'était pas remboursable, alors pourquoi ne pas partir ?

Rita fait glisser ses mains de sa poitrine à ses cuisses et les saisit, ses cuisses fines, comme pour les maintenir. Qui remplit le seau ? Elle imagine qu'il s'agit d'un habitant du bidonville derrière l'hôtel, qui dérobe l'eau chaude du chauffe-eau. Elle a aperçu une bande d'adolescents là-bas derrière. Peut-être sont-ils en train de voler l'eau de sa douche. Ce pays est tellement pauvre. Plus pauvre qu'aucun autre endroit où elle est allée. Est-il plus pauvre que la Jamaïque ? Elle n'en est pas sûre. Elle s'attendait à ce que la Jamaïque soit comme la Floride, un endroit prospère bénéficiant depuis des générations d'un tourisme important et d'un flot continu et irrationnel d'argent américain. Mais la Jamaïque était désespérément pauvre, presque partout, et elle n'a rien compris.

Peut-être la Tanzanie est-elle moins pauvre ?

Autour de l'hôtel, il y a des bidonvilles, mais aussi des maisons en dur avec des jardins et des portails. Il y a une loi ici, l'avait informée Godwill dans son mauvais anglais, stipulant que tous les hommes sont obligés d'avoir un travail. Peut-être les gens choisissaient-ils de vivre dans cette simplicité spartiate. Elle n'est pas assez informée pour pencher d'un côté ou de l'autre. Ceux qui n'ont pas de travail vont en prison ! avait dit Godwill, et il avait l'air d'apprécier cette loi. Les oisifs, c'est comme le diable ! avait-il ajouté en riant aux éclats.

Au matin, le soleil est aussi lumineux et cru qu'un projecteur et Rita veut éviter de passer devant les hommes. Elle est déjà passée devant eux deux fois et n'a rien à leur dire. D'ici peu, un bus viendra la chercher, avec les autres, pour les emmener au pied de la montagne, et depuis qu'elle a enfin réussi à quitter son lit, elle a réglé les choses indispensables — manger, préparer ses bagages, appeler Gwen — et pour chacune de ces tâches, elle a dû faire le trajet de sa case à l'hôtel, passer devant les hommes assis ou debout devant le perron qui mène au hall. Entre huit et dix jeunes hommes, qui attendent en silence. Godwill le lui avait dit, que les hommes s'inscrivaient comme guide, porteur, vendeur — tout ce qui satisfaisait le gouvernement et ne leur demandait pas de se trouver dans un lieu précis, parce qu'il n'y avait vraiment pas beaucoup de travail. Elle a vu deux hommes se disputer le bagage d'un autre Américain, pour un pourboire d'un dollar. Lorsque Rita est passée devant eux, elle s'est efforcée d'esquisser un sourire, sans avoir l'air trop familière, ni riche, ni sexy, ni heureuse, ni vulnérable, ni coupable, ni fière, ni satisfaite, ni en bonne santé, ni intéressée — elle n'avait pas envie qu'ils puissent la prendre pour telle. Elle déambulait en louchant presque, tant elle était concentrée.

Le visage de Rita est large, presque carré, sa mâchoire quasiment masculine. Les gens disent parfois qu'elle ressemble à une Kennedy. Mais elle n'est pas aussi belle que les femmes Kennedy, au contraire, elle est presque laide, avec ou sans maquillage, laide dans n'importe quelle lumière. Elle n'en doute pas, malgré ce que ses amis et Gwen peuvent en dire. Elle n'est pas mariée et, pendant quelque temps, a été mère d'accueil pour une sœur et son frère, une fille de neuf ans et un garçon de sept, battus par leur mère naturelle, et Rita avait envisagé de les adopter — elle avait considéré sa vie dans les moindres détails, imaginant et prévoyant chaque année qu'elle passerait en compagnie des petits, elle en était tout à fait capable — mais alors sa mère et son père lui avaient coupé l'herbe sous le pied. Ses parents adoraient les petits, eux aussi, ils avaient du temps à revendre et plein de place dans leur maison ; ils en avaient discuté et l'affaire avait été vite réglée. Ils avaient passé un long week-end ensemble, dans la maison où Rita et Gwen avaient grandi, avec Rita et ses parents et J.J. et Frederick, les enfants rangeant leurs trophées dans leur nouvelle chambre, et le dimanche soir, Rita a dit au revoir, et les enfants sont restés. Cela avait été facile et indolore pour tout le monde, et Rita avait passé une semaine de congé au lit, à trembler.

Maintenant, puisqu'elle travaille deux samedis par mois et ne peut plus les voir aussi souvent, ils lui manquent tous deux beaucoup trop cruellement. Elle souffre de ne plus pouvoir les prendre tous les deux dans son lit, ces deux petiots de sept et neuf ans, lorsque les grillons faisaient trop de bruit et qu'ils avaient peur qu'ils ne grandissent, les grillons, et ne se regroupent pour emporter la maison et la dévorer, avec tous ses occupants. Cette histoire de grillons géants qui emportaient la maison, ils l'avaient entendue racontée par leur mère naturelle.

Rita s'est endormie dans le bus mais est réveillée par les cahots de la route. Le véhicule, blanc et carré, aux coins arrondis — il lui fait vaguement penser à une chose qui descendrait à reculons d'une navette spatiale pour se poser sur la Lune — gémit et passe sur les nids-de-poule de la route boueuse en brinquebalant, et mon Dieu, qu'est-ce qu'il pleut ! Il pleut sans interruption jusqu'aux portes du Kilimandjaro. Godwill conduit, ce qui la rassérène un peu, bien qu'il aille beaucoup trop vite, et qu'il ne ralentisse pas dans les épingles à cheveux, ni devant les piétons qui portent des objets sur leur tête, ni devant les écoliers, qui semblent surgir de partout, dans leur uniforme, blanc en haut et bleu en bas. Une catastrophe semble susceptible de se produire à tout moment, mais Rita est tellement fatiguée qu'elle ne pourrait sans doute même pas protester si le bus basculait dans un ravin.

« Elle s'est réveillée ! » s'écrie un homme.

Elle découvre Franck qui lui sourit, avec un enthousiasme qui paraît presque fou. Peut-être qu'il est fou. Frank est le guide américain, un homme de l'Oregon, vigoureux et énergique, de taille moyenne, à tous points de vue, portant une barbe coupée court qui enveloppe son visage comme l'aurait fait, quelques décennies plus tôt, le bandage d'un homme souffrant d'une rage de dents.

« On a cru qu'on allait devoir vous porter. Vous êtes le genre de personne capable de s'endormir n'importe où, je parie. »

Puis il éclate d'un rire strident de chipie, forcé et sans joie.

Ils passent devant une grande école, signalée par une pancarte plantée le long de la route. La moitié supérieure : Roulez frais : Coca-Cola ; en dessous : Lycée Marangu. Un groupe de femmes marche sur le bord de la route, portant des bébés dans des écharpes. Ils passent devant le Samange Club, qui ressemble à l'annexe en préfabriqué d'une entreprise de bâtiment. Plus loin sur la route, une petite construction rose, le K&J Hot Fashion Shop, sur laquelle se trouve une gigantesque représentation d'Angela Bassett peinte à la bombe. Un enfant de six ans guide un âne. Deux fillettes minuscules en uniforme d'écolière transportent un sac de pommes de terre. Une allée mène à l'Institut de Recherches sur les pesticides tropicaux. La pluie se met à tomber plus drue tandis qu'ils passent devant une autre école — Coca-Cola : Roulez frais ; Lycée catholique Sainte-Margaret.

Ce matin, à l'hôtel, Rita a surpris une conversation entre une Britannique et la concierge.

« Il y a tellement d'écoles catholiques ! » avait remarqué la touriste.

Elle rentrait tout juste d'une excursion vers une cascade de la région.

« Vous êtes catholique ? » avait demandé la concierge.

Elle était corpulente, avec une voix nasillarde et claire, qui évoquait un peu le son d'une clarinette.

« En effet, avait répondu la touriste. Et vous ?

— Oui, Madame. Est-ce que vous avez visité ma ville ? Marangu ?

— Oui. Sur la colline ?

— Oui, Madame.

— Elle est très belle. »

Et la concierge avait souri.

Le bus passe devant un dispensaire de la FEMA, une auberge de jeunesse, un autre club appelé Millenium, une rangée d'adolescentes en uniforme, sweater prune et jupe bleu marine. Elles font toutes un signe de la main. La pluie tombe pour de bon désormais. Les gens qu'ils croisent sont trempés.

« Regarde, Patrick, dit Frank désignant un beau Tanzanien assis de l'autre côté de l'allée centrale du bus, en face de lui. Il est là, à sourire, et il se demande pourquoi les gens sont assez barjots pour s'infliger un truc pareil. »

Patrick sourit, hoche la tête et ne dit rien.

Cinq randonneurs participent à ce trekking ; ils se présentent aux autres. Mike et Jerry, le fils et le père, portent des vestes assorties. Mike a un peu moins de la trentaine et son père doit avoir dans les soixante ans. L'accent de Jerry semble britannique, mais ses voyelles rondes sont celles d'un Australien. Jerry est propriétaire d'une chaîne de restaurants ; son fils est ingénieur automobile, spécialisé dans les ambulances. Ce sont des hommes grands, au poitrail large et aux jambes fines, bien que Mike soit plus costaud, avec une bedaine flasque qu'il transporte péniblement. Ils ont les mêmes vestes rouges, barrées de fermetures Éclair un peu partout, leurs initiales brodées sur la poche gauche. Mike se tait, les cahots du bus et les virages incessants semblent lui donner mal au cœur. Jerry affiche un large sourire, comme pour compenser le manque d'entrain de son fils — un sourire destiné à les présenter tous deux comme des hommes heureux et préparés, qui jouent le jeu.

La pluie continue de tomber, le froid n'est pas de saison. Un brouillard bas tombe entre les arbres, donnant à la verdure un aspect mort et délavé, comme si les couleurs de la forêt avaient fondu dans la terre.

« Le temps devrait être plus dégagé d'ici environ une heure », annonce Frank, tandis que le bus continue de gravir les collines, cahin-caha, dans la boue.

Alentour, les feuillages ne sont qu'un fatras détrempé.

« Qu'est-ce que tu en penses, Patrick ? dit Frank. Est-ce que la pluie va s'arrêter ? »

Patrick n'a pas encore dit un mot ; il se contente à présent de hausser les épaules et de sourire. Il y a quelque chose dans ses yeux, pense Rita, qui les jauge. Qui jauge Frank, et les randonneurs soupesant les chances que chacun a de gravir et de redescendre cette montagne, cette fois-ci, sans perdre la raison.

Grant est au fond du bus, regardant le paysage défiler derrière la vitre, assis au milieu de la banquette arrière tel un gouvernail humain. Il est plus petit que les deux autres hommes mais a des jambes énormes, pareilles à celles d'un haltérophile, des mollets épais et poilus. Il porte un jean coupé, bien que la température ait poussé tous les autres à se couvrir. Ses cheveux sont noirs et courts, ses yeux petits et bleus comme une fontaine à eau.

Il regarde le paysage défiler derrière la vitre près de sa joue droite, et l'air du dehors humecte ses petits yeux bleus.

Shelly a la quarantaine bien tassée et fait exactement son âge. Elle est mince, élancée, presque maigre. Ses longs cheveux ramassés en queue de cheval, qui ont dû être blonds, virent au gris et elle ne fait rien pour le cacher. Elle a une allure de lionne, pense Rita, bien qu'elle ne comprenne pas pourquoi elle songe à cet animal, le lion, en voyant cette petite femme assise deux rangées devant elle, dans un anorak d'un jaune très vif et pétulant. Elle l'observe nouer un bandana autour de son cou, vivement, avec une certaine férocité désinvolte. Rita aimerait avoir les mêmes traits que Shelly : un petit nez fin et parfait, en trompette, des lèvres aux lignes impeccables et voluptueuses, des lèvres qui ne devaient pas avoir de difficultés à paraître sexuelles et porteuses de vie lorsqu'elle était jeune.

« C'est vraiment la misère, par ici », dit Shelly.

Rita acquiesce.

Le bus s'arrête devant un immeuble en bardeaux, biscornu, peu engageant, semblable aux épiceries des westerns. Des écriteaux et des outils agricoles sont accrochés sur le côté, et sous la véranda, à l'abri de la pluie, deux femmes d'âge mûr font glisser du tissu dans leur machine à coudre, côte à côte. Leurs yeux parcourent furtivement le bus, ses passagers, puis retournent à leur ouvrage tandis que le véhicule redémarre.

Frank est en train de parler des porteurs. Des porteurs, dit-il, vont accompagner le groupe, porter les paquetages, les tentes, les tables, la nourriture, les bonbonnes de gaz, les glacières, les couverts, l'eau, entre autres choses. Le groupe est composé de cinq randonneurs et de deux guides, et sera accompagné par trente-deux porteurs.

« Je n'en reviens pas, dit Rita à Grant, derrière elle. J'imaginais qu'il n'y aurait que quelques guides et un ou deux porteurs. »

Elle se représente alors des serviteurs portant des rois sur leur trône doré, suivis par des éléphants, des trompettes annonçant la procession.

« Et encore, c'est rien », dit Frank.

Frank écoute toutes les conversations et y participe dès qu'il le juge opportun.

« La dernière fois que j'ai fait l'Everest, on était six et on avait quatre-vingts sherpas. »

Il tend le bras à l'horizontale, pour indiquer la taille des sherpas, un mètre trente environ.

« Des petits bonshommes, dit-il, mais durs à cuire. Plus coriaces que ceux-là. Sans vouloir te vexer, Patrick. »

Patrick n'écoute pas. C'est le guide en chef tanzanien, il a une trentaine d'années et porte un équipement neuf : un anorak myrtille, un pantalon de ski, et des lunettes de glacier. Il observe le bas-côté de la route, où un groupe de garçons progresse à la même allure que le bus, tous en uniforme d'écolier, brandissant tous une espèce de petite faucille. Quatre d'entre eux courent à côté du bus, agitant leur faucille, criant des choses que Rita n'entend pas derrière la fenêtre, à cause des crissements du minibus qui gravit sans faiblir la pente couverte de boue. Leurs bouches remuent, leurs yeux sont pleins de colère et leurs dents toutes petites, mais avant que Rita ne parvienne à ouvrir sa vitre pour entendre ce qu'ils disent, le minibus est loin devant eux, ils ont détalé avec leurs faucilles, quittant la route. Ils dévalent la colline, s'y frayant un chemin étroit.

Il y a un grand parking noir. Une pancarte à l'entrée indique PORTE DE MACHAME. Dans le parking, une centaine d'hommes tanzaniens attendent. Ils regardent le bus entrer pour se garer, et aussitôt une vingtaine d'entre eux se précipitent sur le véhicule, déchargeant les sacs à dos et les paquetages. Avant même que Rita et les autres randonneurs soient descendus, tous les sacs sont entassés à côté, sous la pluie.

Rita est la dernière à descendre, et lorsqu'elle atteint la porte du bus, Godwill l'a déjà refermée, ignorant qu'elle était encore à l'intérieur.

« Je suis désolé, Madame, dit-il, tirant sur la manette pour essayer de rouvrir la porte.

— Ne vous en faites pas, je ne suis pas pressée », répond-elle dans un petit rire.

Elle aperçoit un homme posté entre le parking et l'entrée du parc, comme celui de l'hôtel, uniforme vert et fusil automatique en bandoulière.

« Est-ce que le fusil est destiné aux animaux ou aux gens ? demande-t-elle.

— Gens, répond Godwill, avec un petit rire. Gens beaucoup plus dangereux qu'animaux ! »

Puis il rit à n'en plus finir.

Il doit faire sept degrés, se dit Rita, ou peut-être dix. Et la pluie. Il pleut sans interruption, une pluie froide. Rita n'avait pas pensé à la pluie. Quand elle avait imaginé la randonnée, elle n'avait pas pensé à la pluie froide, froide et continue.

« On se paye une de ces saucées », dit Frank.

Les randonneurs le regardent.

« C'est le cas de le dire », ajoute-t-il.

Tout va très vite. Des sacs sont attrapés, les paquetages hissés. Il y a tant de porteurs ! Tout le monde est déjà trempé. Patrick discute avec un groupe de porteurs. Ils sont habillés de couleurs vives, comme les randonneurs, mais leurs vêtements — des pantalons de tous les jours et des tee-shirts — sont déjà sales, et leurs souliers ne sont pas de grosses chaussures sophistiquées comme celles de Rita, mais plutôt des baskets, ou des tennis, ou des mocassins. Aucun n'a de vêtements de pluie, mais tous ont des chapeaux.

Voilà que la discussion s'anime, certains lèvent les bras, d'autres haussent les épaules. Un porteur saute à terre et s'y allonge, faisant le mort. Les hommes autour de lui vocifèrent.

Rita plonge la tête dans son poncho et le fait glisser par-dessus sa poitrine et son sac à dos. Le poncho est l'un des équipements que les organisateurs qualifiaient de facultatifs ; personne, semble-t-il, ne s'attendait à cette pluie. À présent, elle se félicite de l'avoir acheté — 4,99 dollars chez Target, sur le chemin de l'aéroport. Elle aperçoit quelques porteurs en train de faire des trous dans des sacs-poubelles avant de les enfiler. Grant fait de même. Il surprend le regard de Rita posé sur lui.

« J'ai oublié le poncho, râle-t-il. J'arrive pas à y croire.

— Désolée », répond-elle.

Il n'y a rien d'autre à dire. Il va se faire tremper.

« Ça ira. Si c'est bon pour eux, c'est bon pour moi. »

Rita lace ses chaussures et rajuste ses guêtres. Elle aide Shelly à enfiler son poncho, le faisant passer par-dessus son sac à dos, et arrange la capuche pour protéger son épaisse crinière de lionne, blonde et blanche, en bataille. Comme elle plaque le plastique contre le visage de Shelly, elles se regardent dans les yeux et Rita ressent une douleur aiguë au ventre, ou dans la tête, quelque part. Elle voudrait qu'ils soient ici. Ce sont ses enfants, et elle a accepté qu'ils lui soient enlevés. Les gens lui ont toujours pris des choses en toute impunité, avec l'idée que tout le monde gagnerait au change si la vie de Rita restait simple. Mais elle était prête aux complications, n'est-ce pas ? En tout cas, pendant quelque temps, elle l'avait été, elle le sait. C'était l'appartement qui inquiétait tout le monde ; elle avait failli en acheter un, pour anticiper l'adoption des enfants, puis elle avait fait marche arrière — mais pourquoi ? — juste avant de signer. Il n'était pas assez bien, il n'était pas assez grand. Elle voulait qu'il soit mieux, elle voulait être mieux préparée. Il n'était pas assez bien, ils l'auraient su, et ils auraient pensé qu'elle ne pourrait jamais le rembourser, et qu'ils seraient obligés de partager leur chambre. Gwen avait offert de participer à l'achat de l'autre appartement, celui qu'elles avaient visité, avec un jardin et trois chambres, mais cela n'aurait pas été juste que Gwen fasse un emprunt immobilier. Alors elle y avait renoncé, et les gosses se trouvaient maintenant dans son ancienne chambre, chez ses parents. Elle a envie qu'ils marchent près d'elle et lui demandent des conseils. Elle a envie de leur mettre leur capuche, de tirer les cordons pour que leur frimousse disparaisse et reste au sec. Le visage de Shelly est vieux et ridé ; elle sourit à Rita et s'éclaircit la voix.

« Merci, c'est gentil », dit-elle.

Elles sont toutes deux étanches désormais, et la pluie fait flic flac en s'abattant sur le plastique qui les recouvre de la tête aux pieds. Les randonneurs sont sous la pluie, dans le parking.

« Les porteurs ont renoncé, dit Frank, en s'adressant au groupe. On est en train de remplacer les porteurs qui ne veulent pas monter. Ça sera l'affaire de cinq minutes.

— Est-ce que les remplaçants sont dans le coin ? demande Grant.

— Ils vont sûrement prendre des types plus jeunes, dit Frank. Les jeunes ont faim.

— Comme au foot, avec l'équipe de remplaçants, c'est ça ? dit Jerry. On va avoir l'équipe des remplaçants ! »

Il jette un coup d'œil autour de lui, attendant que les rires fusent, mais aucun des visages frigorifiés et trempés n'esquisse un sourire.

« Des joueurs de deuxième division, c'est ça ? » ajoute-t-il, avant d'abandonner.

Il est bien trop tard pour rentrer maintenant, Rita le sait. Pourtant, elle ne peut s'empêcher de s'imaginer dévalant la pente, sur une quinzaine de kilomètres, pour rentrer à l'hôtel, où elle pourra — peu importe le prix — prendre un avion pour Zanzibar, un endroit chaud et plat, où elle boira jusqu'à plus soif en plein soleil.

À côté, dans le parking, Patrick a l'air d'être en train de mettre quelque chose au point avec un homme, puis il se rapproche du groupe.

« Beaucoup de pluie, dit-il, dans une grimace. Longue journée. »

Le groupe va s'attaquer au sommet, il lui faudra quatre jours pour monter, deux pour descendre, en suivant le circuit Machame. Il existe au moins cinq itinéraires pour gravir la montagne, suivant ce que le randonneur souhaite voir et la vitesse à laquelle il désire atteindre le sommet, et Gwen avait juré que ce circuit, de loin le plus beau, était à leur portée. Les membres du groupe se sont inscrits par l'intermédiaire d'un site Web, EcoHeaven Tours, spécialisé dans les voyages d'aventure. Le site promettait des séjours en petits groupes dans une douzaine de lieux — les Highlands écossaises, les plaines indonésiennes, les fleuves du nord de la Russie. Curieusement, l'ascension de cette montagne semblait le voyage le moins exotique. Rita ne connaissait personne ayant gravi le Kilimandjaro, mais elle connaissait des gens qui connaissaient des gens qui l'avaient fait, et cela avait quelque peu enlevé son mystère au voyage. Mais à présent, au pied de la montagne, il semble incongru, irrationnel, indéfendable. Elle s'apprête à prendre le même chemin que des milliers d'autres personnes avant elle, à marcher dans leurs pas, frigorifiée et trempée.

« Parfait, en route », dit Frank, et il se dirige vers un large chemin de terre.

Rita et les quatre autres lui emboîtent le pas. Ils sont tous en poncho, Grant dans son sac-poubelle, et tous portent un sac à dos en dessous, ce qui les fait ressembler à des bossus, ou à des militaires. Elle se représente le mémorial de la guerre de Corée, tous ces jeunes hommes, moulés dans du bronze, les yeux grands ouverts, attendant d'être abattus.

Au moins, Rita est contente de bouger, parce qu'en bougeant elle se réchauffera.

Mais Frank avance très lentement. Rita le suit ; son pas est pachydermique. Des mouvements tellement mesurés, des efforts tellement empesés. Frank ouvre la marche pour cinq personnes, Patrick est à l'arrière du groupe, et les porteurs sont désormais loin derrière eux, toujours dans le parking, à rassembler les sacs, les bonbonnes de gaz et les tentes. Ils nous rattraperont, explique Patrick.

Rita est convaincue que cette allure va la rendre folle. Elle joue au squash parce que ça implique de bouger, et de marquer des points, et de faire du bruit, et de courir le risque de recevoir en pleine tête une balle qui atteint la vitesse d'un avion. C'est pourquoi elle avait redouté que cette randonnée ne la rende folle tant elle s'ennuierait. Et voilà que c'est ennuyeux ; ici, en Tanzanie, elle s'ennuie. Elle va mourir, écrasée par la monotonie, avant même de risquer l'œdème cérébral provoqué par la haute altitude.

Au bout de dix minutes, le groupe a dû faire environ deux cents mètres, et il faut déjà s'arrêter. Mike se plaint d'avoir mal à l'épaule. La sangle de son sac à dos a besoin d'être ajustée. Frank s'arrête pour aider Mike, et pendant ce temps, tandis que Jerry et Shelly attendent avec Patrick, Grant continue sa progression sur le sentier. Il ne s'arrête pas. Il prend un virage et sort de leur champ de vision. La pluie et la jungle permettent de disparaître rapidement et, sans réfléchir, Rita le suit.

Ils ont bientôt deux virages d'avance et n'aperçoivent plus le groupe. Rita exulte. Grant marche rapidement et elle marche avec lui. Ils courent presque. Ils avancent à une allure qu'elle trouve plus adaptée, une allure athlétique, adaptée aux gens qui ne sont pas encore vieux. Rita n'est pas encore vieille. Elle a renoncé à poursuivre la course de fond sur dix kilomètres l'année dernière, ce qui ne signifie pas qu'elle aurait été incapable de la faire, si cela ne l'avait pas autant ennuyée. Elle s'était mise à aller au travail à vélo puis avait décidé d'arrêter ; à la fin de la journée, après s'être démenée jusqu'à 17 h 30, elle était bien trop fatiguée.

Ils progressent lourdement dans la boue ; bientôt le chemin rétrécit et la pente s'accentue, presque verticale, effleurée par les arbres, les feuilles des bananiers énormes, molles et dentelées. La piste est trempée, la boue profonde et collante, mais partout le sentier est sillonné de racines, et les racines servent d'appui. Ils sautent de l'une à l'autre et Grant ne relâche pas son effort. Il ne s'arrête pas. Il n'utilise pas ses mains pour garder l'équilibre. C'est la personne la plus stable que Rita ait jamais vue, ce qu'elle attribue rapidement à sa petite stature et à ses jambes massives et puissantes. Il est proche du sol.

Ils parlent très peu. Elle sait qu'il travaille plus ou moins comme programmateur de systèmes téléphoniques, qu'il connecte des « groupes d'usagers ». Elle sait qu'il vient du Montana, que sa voix évoque celle d'un vieil homme, plus faible qu'elle ne devrait l'être, rauque et quelque peu éraillée. Il n'est pas beau ; son nez est quasiment porcin, ses dents de devant sont ébréchées, dessinant un trou triangulaire, comme s'il avait essayé de mordre une minuscule pyramide. Il n'exerce sur elle aucune attraction qu'elle pourrait qualifier de sexuelle, mais elle préfère quand même sa compagnie à celle des autres.

La forêt tropicale est dense, enchevêtrée, trempée. La brume obstrue la vision au-delà d'une quinzaine de mètres, où que le regard se porte. La pluie tombe sans interruption, mais la canopée ralentit l'eau et la redirige une centaine de fois avant qu'elle atteigne Rita.

Elle a plus chaud à présent, elle sue sous son poncho et sa laine polaire ; elle aime suer et se sent forte. Son pantalon, le pantalon en plastique qu'elle a acheté pour rien et porté deux fois seulement, pour le ski, fait du bruit, ses jambes frottent l'une contre l'autre dans un bruit de friction incessant, brutal. Elle aurait préféré porter un short, comme Grant. Elle veut lui demander de s'arrêter, afin d'enlever son pantalon, mais elle a peur qu'il refuse, et de toute façon, s'il acceptait et qu'ils s'arrêtent, les autres randonneurs les rattraperaient, et du coup elle ne serait plus seule avec Grant, précédant les autres, passant un bon moment. Elle ne dit rien.

Il n'y a pas d'animaux. Rita n'a pas entendu un seul oiseau, ni un singe, ni même aperçu de grenouille. Il y avait un gecko dans sa case, et de plus gros lézards qui fonçaient devant l'hôtel, mais dans cette montagne il n'y a rien. Son guide de voyage promettait des cercopithèques à diadème, des colobes, des galagos, des babouins anubis, des bushbacks, des céphalophes de Grimm, des calaos, des touracos. Mais la forêt est calme et vide.

À présent un porteur descend le sentier, en jean, sweat-shirt et baskets. Rita et Grant s'arrêtent, faisant un pas de côté pour le laisser passer.

« Jambo, dit Grant.

— Jambo », répond l'homme, qui poursuit sa descente.

L'échange a été bref mais extraordinaire. La voix de Grant a pris une sonorité de basse profonde, prolongeant la deuxième syllabe pendant quelques secondes d'une manière presque musicale. Le porteur a répondu avec la même inflexion de voix. C'était comme un salut entre deux coéquipiers, deux partenaires de double — sobre, chaleureux, pudique mais complice.

« Qu'est-ce que ça veut dire ? demande Rita. C'est du swahili ?

— Oui, dit Grant en sautant par-dessus une flaque. Ça… eh bien, ça veut dire "bonjour". »

Il le dit d'une manière polie qui trahit néanmoins son inquiétude. Le visage de Rita est en feu. Elle est venue en Tanzanie sans avoir appris un mot de swahili ; elle ne sait même pas dire « bonjour ». Elle sait que Grant la considère comme une touriste paresseuse et timorée. Elle veut que Grant la prenne en sympathie, et sente qu'elle est plus proche de lui — vive, cultivée, aguerrie —, en tout cas plus que les autres, qui sont tous tellement délicats, assistés, et lents.

Ils grimpent en silence pendant une heure. La marche se révèle méditative à un point qu'elle n'aurait jamais imaginé. Rita avait redouté de devoir parler au même petit groupe de personnes — des gens qu'elle ne connaissait pas et qu'elle n'aimerait peut-être pas — pendant des centaines d'heures, ou, si les randonneurs ne restaient pas groupés, d'être seule, sans personne à qui parler, seule avec ses pensées. Mais déjà elle sait que ce ne sera pas un problème. Voilà deux heures qu'ils marchent et elle n'a pensé à rien. Ses facultés sont bien trop monopolisées par le choix de l'endroit où poser les pieds, où placer le pied gauche, puis le droit, où mettre ses mains, qui tantôt saisissent les arbres pour garder l'équilibre, tantôt touchent la terre humide pour éviter toute chute. Les calculs nécessaires interdisent quasiment toute autre pensée — et particulièrement les réflexions profondes ou complexes. Et elle s'en félicite. Il est immense et bien hermétique, son paysage à elle, les calmes arpents de son esprit, et il y a même une bande-son : le battement de la pluie, le frotti-frotta de son poncho contre les branches, le cliquetis métallique des mousquetons qui se balancent contre son sac à dos. Tout cela produit une musique minimale et apaisante ; elle aspire et expire avec la force élémentaire et machinale d'un ours — lourd, puissant, robuste.

« Poly poly », dit un porteur en descendant.

Il porte des mocassins à pompons.

« Poly poly, répond Grant. Je suis arrivé ici quelques jours avant vous », poursuit-il à titre d'explication et d'excuse, une fois que le porteur est passé.

Il comprend qu'il a fait honte à Rita et l'a laissée souffrir assez longtemps.

« J'ai passé un peu de temps à Moshi, j'y ai appris quelques trucs. "Jambo" c'est bonjour, dit-il. "Poly poly" signifie "pas à pas". »

Un porteur arrive derrière eux.

« Jambo, dit-il.

— Jambo », dit Grant, sur le même ton, en étirant la seconde syllabe de la même façon, comme s'il proférait une incantation sacrée.

Jaaaahmmmboooo. Le porteur sourit et continue de grimper. Il transporte une bonbonne de gaz sur la tête et un grand sac à dos sur les épaules, auquel sont accrochés deux sacs de pommes de terre. Son chargement doit bien peser cinquante kilos.

Il les dépasse et Grant reprend sa marche derrière lui. Rita questionne Grant sur son sac à dos, qui est énorme, deux fois plus gros que le sien, et contient des bâtons, une casserole et un sac de couchage. On avait conseillé à Rita de n'emporter qu'un peu de nourriture et une tenue de rechange, et de laisser les porteurs s'occuper du reste.

« Je crois qu'il est un peu plus gros, dit-il.

— Vous avez une tente, là-dedans ? demande-t-elle, s'adressant à son dos.

— C'est ça », dit-il en s'arrêtant.

Il se trémousse pour ôter son sac et ouvre la fermeture Éclair d'un compartiment, en haut.

« Vous ne voulez pas qu'un porteur s'en charge ? Combien est-ce que ça pèse, ce truc ?

— Eh bien, sans doute que… c'est juste une question de choix, vraiment. Je… eh bien, je crois que je voulais voir si j'étais capable de porter mon propre matériel. C'est juste un choix personnel. »

Il est navré de transporter ses affaires, navré de

connaître « Bonjour ». Il crache par terre un jet de liquide marron.

« Vous chiquez ?

— Oui. C'est dégoûtant, n'est-ce pas ?

— Ne me dites pas qu'en plus vous allez fourrer une sucette là-dedans ? »

Grant est en train de défaire l'emballage d'une sucette.

« Eh bien si. Ça m'arrive. Vous en voulez une ? »

Rita aurait bien envie d'une sucette, mais à ce stade elle n'arrive plus à faire la différence entre les sucettes propres dans le sac en plastique — il doit y en avoir au moins dix — et celle qu'il a dans la bouche et qui baigne sans doute dans le jus de tabac.

Quelques minutes plus tard, la piste débouche sur un tournant ; là, sous un arbre, se trouve un objet, moitié lit d'hôpital et moitié charrette. Il est large et solide, mais avec seulement deux grandes roues en son milieu, de chaque côté d'une toile tendue. Des poignées à l'extrémité permettent de le tirer comme un pousse-pousse. Grant et Rita font des plaisanteries ineptes à propos de ce machin, de l'individu qui redescendra peut-être dessus, mais comme il n'est guère agréable de rester plus longtemps à proximité de cet engin rouillé, terrifiant et apparemment souvent utilisé, ils continuent.

Lorsqu'ils atteignent une clairière, cela fait six heures qu'ils marchent, à vive allure. Ils sont arrivés à l'endroit où sera sans doute installé leur camp, et ils sont seuls. Les arbres se font plus rares : ils ont passé la limite supraforestière, ils se tiennent désormais à flanc de coteau, noyés dans le brouillard, parmi les hautes herbes, fines comme des cheveux, tout autour d'eux. La pluie ne s'est pas calmée et la température a chuté. Cela fait des heures qu'ils n'ont pas aperçu les autres randonneurs ou les guides, ni vu aucun porteur. Rita et Grant ont marché rapidement, ils ont dépassé tout le monde sur le chemin, et personne ne les a doublés, et elle en retire un sentiment de fierté et de puissance extrême. Grant aussi est fier, à sa manière, mais elle sait qu'il n'en dira rien.

Au bout de quelques minutes, elle tremble. Il ne fait pas plus de cinq degrés et la pluie tombe plus fort par ici ; il n'y a pas d'arbres pour en atténuer l'impact. Et aucune tente n'est montée, puisqu'ils ont rejoint le campement plus vite que les porteurs. Grant lui-même semble découvrir les faiblesses logiques inhérentes à leur stratégie. La seule chose que Grant n'ait pas, c'est une bâche. Et sans cela, il est impossible de monter une tente sur un sol aussi humide. Il va falloir qu'ils attendent, seuls sous la pluie, que les porteurs arrivent.

« Ça va prendre au moins une heure, annonce Grant.

— Peut-être moins pour les porteurs ? suggère Rita.

— On peut dire que celle-là, on l'avait pas vue venir », dit-il, crachant un jet marron sur une feuille de bananier verte.

Pour s'abriter un peu, ils s'assoient côte à côte sur une bûche horizontale et mouillée, sous un arbuste qui ne fait pas plus d'un mètre trente, laissant la pluie les arroser. Rita s'efforce de ne pas frissonner, parce que, se souvient-elle, les frissons sont la première étape de l'hypothermie. Elle respire plus lentement, reste immobile, et retire les bras de ses manches pour les poser contre sa peau nue.

Frank est furieux. Les yeux lui sortent de la tête. Il se sent désavoué. Les randonneurs sont tous sous une toile de tente froide, assis autour d'une table pas plus grande qu'une table de poker, en train de dîner — du riz, des nouilles, des pommes de terre, du thé, des tranches d'orange.

« Je sais que certains d'entre vous se prennent pour des cracks, dit Frank, en soufflant sur son thé pour le refroidir, mais c'est pas du gâteau de monter là-haut. Aujourd'hui vous courez comme des cabris, demain vous serez malades, perclus, vous aurez des ampoules, le palu et Dieu sait quoi encore. »

Grant le regarde droit dans les yeux, d'un air grave, sans se moquer ni défier quiconque.

« Ou vous allez faire une rupture d'anévrisme. Ce n'est pas pour rien que vous avez un guide, voyons. J'ai gravi et descendu cette montagne douze fois, et ce n'est pas pour rien. »

Il souffle à nouveau sur son thé.

« Ce n'est pas pour rien… voyons ! »

Il secoue la tête comme si, tout à coup, il avait froid.

« Il faut me dire si vous voulez vous comporter comme des adultes, ou comme des… butors ! »

Et ce faisant il appuie le pouce et l'index contre ses orbites, tel un homme qui a trop de choses à l'esprit.

Bien entendu, la nourriture présentée au groupe a été préparée par les porteurs, mais le temps qu'elle soit transférée de la tente où elle a été préparée jusqu'à celle qui leur sert de salle à manger de fortune, elle a refroidi, et elle est désormais aussi froide que si elle sortait du frigo. Chacun mange ce qu'il peut, sans enthousiasme. La journée a été longue et chaque randonneur a un bobo ou un problème quelconque. L'estomac de Mike le fait déjà souffrir et Shelly a glissé, se coupant la main sur un bout de bois pointu. Jerry ressent les premiers symptômes du mal d'altitude. Seuls Rita et Grant, pour l'instant, n'ont rien. Rita commet l'erreur de le dire, ce qui ne semble qu'attiser la colère de Frank.

« Eh bien, ça arrivera bien tôt ou tard, m'dame. À coup sûr. Vaudrait mieux que vous soyez malade maintenant, parce que dans quelques jours, quand ça vous tombera dessus, ce sera encore plus violent et plus grave. Alors priez pour être malade ce soir, vous deux.

— Si quelqu'un s'assied là, il meurt, dit Jerry, désignant un trou dans la tente par lequel tombe le crachin, jusqu'au sol. Tout de même, Frank, qu'est-ce que c'est que ce matériel que vous fournissez ? »

Le ton de Jerry est affable, mais le message est clair.

« Vous êtes au sec ? » demande Frank.

Jerry hoche la tête.

« Alors tout va bien. »

Ils sont assis sur de petits tabourets pliants en toile, et les randonneurs doivent rentrer la tête dans les épaules pour manger ; il n'y a pas de place pour les coudes. Quand ils se sont assis, ils ont fait passer autour de la table un liquide désinfectant fourni par l'encadrement afin de se laver les mains — une sorte de savon liquide, mais plus léger, et qui picote un peu. Rita s'est frotté les mains, tentant de nettoyer la crasse sur ses paumes, puis s'est aperçue que ses mains n'étaient pas plus propres. Elle les inspecte à présent, après avoir appliqué deux fois le désinfectant, et, bien qu'elles soient sèches, toutes les lignes de sa main sont marron.

L'homme qui a apporté les plats de riz et de pommes de terre — Steven — passe à nouveau la tête dans la tente, précédé de son sourire. Il porte une laine polaire violette et un bonnet de laine assorti. Quand il annonce que la soupe arrive, chacun l'acclame. La soupe est là sans tarder et ils la dévorent tous. La chaleur corporelle des randonneurs réchauffe lentement la tente et, sur la table, les bougies créent un semblant de confort. Mais ils savent qu'à l'extérieur la température avoisine le zéro et que, sous l'arc de la nuit, elle descendra plus bas encore.

« Pourquoi est-ce qu'il n'y a pas de feu de camp ? »

C'est la première fois depuis le début du dîner que Mike prend la parole.

« Les ramasseurs de miel, dit Frank. Ils ont mis le feu à la moitié de la montagne. »

Mike semble perplexe.

« Ils ont essayé d'enfumer les abeilles pour récolter leur miel, explique Frank, mais ils ont été dépassés par les événements. En tout cas, c'est la version officielle. Il y a peut-être eu plusieurs facteurs, mais la montagne a brûlé et on n'a plus le droit de faire du feu, maintenant.

— Même un feu de bois, dit Patrick.

— Exact, exact, dit Frank, hochant la tête dans

sa soupe. Les porteurs coupaient les arbres pour faire des feux de bois. Ils auraient dû apporter le bois d'en bas, mais ils se retrouvaient toujours à court et se mettaient à couper tout ce qui leur tombait sous la main. Tu as raison, Patrick. J'avais oublié cette histoire. Maintenant, ils n'ont même plus le droit de faire des feux de bois dans la montagne. C'est illégal.

— Et comment est-ce qu'on fait sécher les vêtements ? »

Ça vient de Jerry qui, sous la lumière des bougies, a l'air plus jeune et, songe soudain Rita, ressemble à un homme à qui l'on confierait le rôle du patriarche d'une puissante famille dans un feuilleton télévisé. Il a des cheveux blancs et abondants, raides et lisses, qui surplombent son front comme la crête d'une vague.

« S'il fait soleil demain, ils sécheront, dit Frank. S'il ne fait pas soleil, ils resteront mouillés », décrète-t-il, avant de se rasseoir et d'attendre que les plaintes fusent.

Comme il n'y en a aucune, il se radoucit.

« Mettez vos habits mouillés dans votre sac de couchage. À un endroit où vous ne serez pas en contact avec eux. La chaleur à l'intérieur du sac les séchera, enfin en principe. Sinon accommodez-vous-en jusqu'à ce qu'il y ait un peu de soleil.

— C'est pour ça que les porteurs ont abandonné, dit Jerry avec assurance.

— Écoutez, dit Frank, les porteurs abandonnent tout le temps. Certains sont superstitieux. D'autres n'aiment tout simplement pas la pluie. Ça ne veut rien dire. Tout ira bien. »

Rita n'arrive pas à comprendre comment ça pourra marcher. Elle ne voit pas comment ils pourront continuer à gravir la montagne, à affronter la pluie, alors qu'il fera de plus en plus froid, que l'air se raréfiera, et qu'ils n'auront pas la moindre possibilité de faire sécher des vêtements sûrement trop mouillés pour être portés. N'est-ce pas ainsi que les gens tombent malades ou meurent ? En se faisant mouiller, en ayant froid, et en restant mouillés dans le froid ? Pourtant son inquiétude est émoussée, presque lointaine, car à peine les plats ont-ils été retirés de la table qu'elle se sent épuisée au-delà de tout. Sa vision se brouille, elle a des fourmis dans les membres.

« On dirait bien qu'on va dormir ensemble », observe Shelly, soudain derrière elle, au-dessus d'elle.

Tout le monde se lève. Rita se met debout à son tour et suit Shelly à l'extérieur, où le plus froid des crachins continue de pleuviner. Les randonneurs se souhaitent bonne nuit, Mike et Jerry se dirigent vers la tente des sanitaires, qui vient juste d'être montée — une structure triangulaire, une bâche posée sur trois perches, une fermeture

Éclair en guise de porte et un trou de près d'un mètre creusé dans le sol. Le père et le fils tiennent chacun un petit rouleau de papier toilette, qu'ils protègent de la pluie à l'aide d'un sac en plastique contenant leur brosse à dents et leur dentifrice. Leurs silhouettes sont des traînées étalées par les stries grises de la pluie glaciale.

La tente de Shelly et Rita est petite et se réchauffe rapidement. Elles rampent à l'intérieur, rangent leurs affaires, allument leurs lampes de poche — deux mineurs cherchant une lentille de contact perdue.

« Un jour de moins », dit Shelly.

Rita émet un grognement d'assentiment.

« Pas une partie de plaisir, pour l'instant, dit Shelly.

— Non, pas encore.

— Mais ce n'est pas le but, sans doute. L'idée, c'est de monter au sommet, non ?

— Probablement.

— Coûte que coûte, non ?

— Ouais », répond Rita, bien qu'elle ne comprenne pas un traître mot à ce que raconte Shelly.

Très vite, Shelly s'installe dans son sac de couchage, et se tourne vers Rita, les yeux fermés. Shelly s'endort en quelques secondes, sa respiration est bruyante. Elle inspire et expire par le nez, les exhalaisons sont des explosions courtes et forcées. Shelly fait du yoga et alors que Rita, il y a encore une heure, trouvait ça intéressant, la voilà qui déteste le yoga à présent, et tous ceux qui pourraient favoriser sa propagation. Les gens qui font du yoga respirent fort et les gens qui respirent fort sont égoïstes et méchants.

La pluie persiste, toute la nuit elle fait flic floc, presque en rythme mais pas vraiment, et Rita met une heure à s'endormir, écoutant la respiration de Shelly et la pluie, qui tombe par vagues, comme si elle était larguée par des avions sillonnant le ciel. Elle ne peut s'empêcher de fixer son attention sur la respiration de Shelly. Elle a peur de ne jamais réussir à s'endormir, et d'être trop fatiguée demain, et que cela affaiblisse son système immunitaire et qu'elle succombe de l'œdème cérébral qui est sur le point, elle le sait, de se former. Elle imagine l'anévrisme sous la forme d'un énorme troll rouge, une poupée de chiffon aux cheveux flamboyants, armée d'une gigantesque paire de ciseaux, comme ceux qu'on utilise pour inaugurer un centre commercial ou une concession automobile ; le troll surgira de la montagne en bondissant et, avec ses gigantesques ciseaux de cirque, il tranchera le bulbe rachidien de Rita ainsi que tout ce qui la rattache à ce monde.

C'est la faute de Gwen. Gwen avait voulu, pense-t-elle, aider Rita à faire quelque chose d'extraordinaire. Depuis des décennies, Gwen l'aide sans compter, lui donne de l'argent, passe des coups de fil pour elle, lui dégote des entretiens d'embauche et des rendez-vous avec des hommes divorcés qui, dès le premier soir, veulent lui tenir la main après avoir dîné dans un restaurant italien. Leurs mains étaient toujours grasses et rêches, et Rita ne voulait plus que Gwen lui vienne en aide. Rita aimait Gwen d'une manière objective, avec une admiration totalement distincte de l'obligation que l'on a d'éprouver de l'affection pour une sœur. Gwen était si grande, si élancée ; elle ne pouvait porter de talons sans ressembler à une sorte de héron en collants noirs, mais son rire était plein et sonore, et il sortait d'elle comme le reste, les bras grands ouverts, accueillants. Elle aurait pu être présidente si elle l'avait voulu, mais non : elle avait préféré tourmenter Rita avec sa prévenance. Des paniers pleins de fromages, des mots de remerciement, ce long week-end à Puerto Vallarta où elles avaient loué une Coccinelle décapotable. Elle avait même acheté à Rita une boîte aux lettres neuve, qu'elle avait installée, avec du ciment et une pelle, car on lui avait volée l'ancienne, une nuit. C'était le genre de choses que faisait Gwen, ça, et puis aussi céder à Brad, et attendre son bébé, et diriger une petite entreprise, aussi prospère qu'elle pouvait l'espérer, spécialisée dans l'élaboration de plans de réaménagement des placards des riches habitants de Santa Fe.

Rita sait qu'elle ne peut pas demander à Shelly

de partager son sac de couchage, mais elle aimerait qu'il y ait un corps près du sien. Elle n'a plus jamais passé une bonne nuit de sommeil depuis que J.J. et Frederick sont partis, car elle n'a plus jamais eu chaud. Personne ne lui en a jamais parlé, mais ils trouvaient tous déplacé que les enfants dorment dans son lit. Gwen avait trouvé bizarre que Rita achète un lit plus grand, mais Rita savait qu'avoir ces deux corps près du sien, sans jamais toucher quoi que ce soit à part une cheville ou un mollet, son corps qui apaisait leurs peurs, c'était la seule expérience indispensable dans sa vie, comme dans celle de n'importe qui.

Comme son cœur palpite, Rita se jure que la journée du lendemain sera moins éreintante, moins violente. Le matin sera clair et sec et, lorsque le brouillard se lèvera, il fera très chaud, peut-être même une chaleur brûlante, des flots de soleil se répandront, séchant leurs affaires mouillées. Ils reprendront l'ascension au matin, en shorts et lunettes de soleil, montant vers le soleil.

Le matin est humide, brumeux, il n'y a pas de soleil et tout ce qui était mouillé la veille au soir est encore plus mouillé. Rita est accablée de désespoir ; elle ne veut pas quitter son sac de couchage ou sa tente, elle veut que tous ces gens crasseux s'en aillent, que ses affaires soient sèches et propres. Elle veut être seule, pendant quelques minutes au moins. Elle sait que c'est impossible, parce qu'à l'extérieur de la tente, il y a d'autres randonneurs, vingt porteurs, et désormais un petit groupe de randonneurs allemands, et, à l'autre extrémité du campement, trois Canadiens et une équipe de douze personnes — ils ont dû arriver à la nuit tombée. Tout le monde s'éveille. Elle entend des bruits d'eau, de vaisselle, le bruissement des tentes. Rita est tellement fatiguée et tellement consciente qu'elle est au bord des larmes. Elle veut rester dans ce sac de couchage, non pas éveillée mais en train de dormir, pendant au moins deux heures et demie. En deux heures et demie, elle pourrait recouvrer ses forces, entièrement. Elle commencerait la journée au pas de course, et dépasserait n'importe qui, bondissante.

Une conversation lui parvient de la tente d'à côté. Les voix ne chuchotent pas, n'essaient même pas de chuchoter.

« Tu te moques de moi, dit une voix. Tu sais combien on a payé pour ce voyage ? Depuis combien de temps on a prévu de venir ici, depuis combien de temps je fais des économies ? »

C'est Jerry.

« Tu sais bien que tu n'étais pas obligé d'économiser, Papa.

— Mais, Michael. Ça fait des années qu'on l'a prévu. Je t'en parle depuis que tu as dix ans.

Tu te souviens ? Quand Tonton Mark est rentré ? Bon Dieu !

— Papa, c'est juste que...

— Et voilà que tu veux redescendre au bout d'une misérable journée ?

— Écoute. Je ne me suis jamais senti aussi faible, Papa. C'est beaucoup plus dur que...

— Michael. Hier, tu as fait le plus dur — le reste, c'est de la gnognote. T'as entendu Bidule... Frank. C'était le plus dur. Je comprends que tu sois un peu inquiet, mais maintenant il faut te secouer, fiston. Hier, c'était dur, mais...

— Chut.

— Personne ne nous entend, Michael. Bon Dieu. Tout le monde dort.

— Chut !

— Et arrête de me dire de me taire ! Et je ne tolérerai pas que tu... »

On entend le bruit d'un sac de couchage qu'on manipule, puis les voix se font moins fortes, plus douces.

« Je ne tolérerai pas que tu abandonnes ce... »

Alors la voix devient inaudible.

À présent, Shelly est réveillée, elle aussi. Elle a écouté, et hausse un sourcil à l'intention de Rita. Rita fait de même, et commence à chercher dans son sac de paquetage ce qu'elle va mettre pour la journée. Elle a pris trois pantalons, deux shorts, cinq tee-shirts, deux polaires et sa parka. En enfilant ses chaussettes en laine, qui ont la forme de ses pieds et dont la zone des chevilles est renforcée et doublée, elle se demande si Mike va effectivement redescendre si tôt. Elle trouve un sac-poubelle dans lequel elle fourre ses chaussettes sales, son tee-shirt de la veille, et son soutien-gorge de sport, dont elle sent l'odeur — celle de la pluie, des arbres et la sienne mêlées.

« Il faudrait me casser la jambe », chuchote Shelly.

Elle n'a pas quitté son sac de couchage, on ne voit que son visage. Rita a tout à coup l'impression qu'elle lui rappelle quelqu'un. Une actrice. Jill Clayburgh. Jane Curtain. Kathleen Turner.

« Me casser la jambe et me couper les tendons. Voilà ce qu'il faudrait. Parce que je la ferai, cette ascension. »

Rita hoche la tête et se dirige vers la porte de la tente.

« Si vous sortez, dit Shelly, faites-moi le bulletin météo. »

Rita passe la tête par l'ouverture de la tente et se retrouve devant quinze porteurs. Ils sont debout dans le brouillard, en face du campement, sous le crachin, certains ont une tasse à la main, tous portent les mêmes vêtements que la veille. Ils se trouvent devant la tente de la cantine, et observent son visage. Elle se hâte de rentrer.

« Comment ça se présente ? demande Shelly.

— Pareil », dit Rita.

Pour le petit déjeuner il y a du porridge, du thé et des tranches d'orange laissées à l'air libre trop longtemps et désormais sèches, presque marron. Il y a des toasts, froids et durs, et du beurre dur, qui nécessite beaucoup d'efforts pour être tartiné. Les cinq randonneurs sont à nouveau voûtés sur la petite table de poker, et ils avalent tout ce qu'ils peuvent. Ils se font passer le sucre brun et en versent dans leur porridge, ils se font passer le lait pour le café, et ils ont peur que la caféine ne leur donne la courante et de devoir faire de nombreux allers-retours jusqu'à la tente des sanitaires, que tout le monde redoute désormais. Rita s'était demandé si le voyage ne risquait pas d'être trop doux, trop facile, mais maintenant, si peu de temps après être arrivée, elle sait qu'elle est ailleurs. C'est quelque chose de très différent.

« Comment ça s'est passé dans votre tente ? demande Frank, faisant un mouvement de menton en direction de Grant. Pas très chaud, hein ?

— Il faisait un peu frisquet, c'est vrai, Frank. »

Grant se verse une troisième tasse de thé.

« Grant pensait que la vieille tente de l'armée de son père allait faire l'affaire, dit Frank. Mais il n'avait pas prévu cette pluie, hein, Grant ? Votre père pouvait faire sécher la sienne près du feu, mais c'est pas possible ici, mon ami. »

Grant a les mains jointes devant lui, comme

s'il faisait un bras de fer avec lui-même. Il écoute et regarde Frank sans laisser paraître la moindre émotion.

« Elle sera pas sèche ce soir, va falloir que vous créchiez avec moi ou quelqu'un d'autre, Grant. »

Frank se gratte la barbe d'une manière qui a l'air douloureuse.

« Sinon, la pluie et le vent feront de votre tente une vraie glacière. Vous allez geler pendant votre sommeil, et vous vous en rendrez même pas compte. Et au réveil, vous serez mort. »

Pendant une heure, la piste serpente comme un petit ruisseau dans la forêt tropicale, moins humide aujourd'hui, puis coupe par un coteau que le feu a clairsemé. Tous marchent ensemble dorénavant, la terre est nue et noire. Des vestiges d'arbres tordus surgissent du sol, leurs extrémités ont disparu mais leurs racines sont presque intactes.

« Quand on parlait d'incendie… », dit Frank.

Le brouillard finit par se dissiper. Bien que l'allure soit lente, sur ce terrain constitué de rochers ronds atteignant la hauteur des genoux, elle n'est pas aussi lente que la veille, et comme Rita est fatiguée et que ses jambes lui font mal partout, depuis les chevilles jusqu'en haut des cuisses, elle accepte la vitesse réduite. Grant est derrière elle et semble également résigné.

Mais Mike est bien plus malade aujourd'hui. Les cinq randonneurs le savent, parce qu'ils ont pris l'habitude de s'enquérir de la santé des uns et des autres. Sur cette montagne, les mots « comment ça va ? » ne forment pas une question innocente, ou rhétorique. Dans chaque cas, pour chaque randonneur, ces mots donnent lieu à une réponse différente et compliquée, évoquant la présence ou l'absence d'ampoules ; l'apparition de maux de tête ; des chevilles ou des quadriceps douloureux ; des épaules qui, malgré des sangles bien réglées, continuent de tirailler. Mike explique à tout le monde qu'il a vraiment l'impression d'avoir un énorme ténia dans l'estomac. Il peut en suivre les mouvements incessants, affirme-t-il, et il lui a donné un nom : Ashley, en hommage à une de ses ex. Il semble désespérément aspirer à un moment de répit ; on dirait un enfant malade, allongé sur le sol des toilettes, plié en deux sur la cuvette, épuisé et terrassé, qui voudrait seulement s'arrêter de vomir.

Aujourd'hui les porteurs dépassent les randonneurs. Toutes les deux ou trois minutes, il y en a un nouveau qui les double, ou un groupe. Les porteurs marchent seuls ou par trois. Quand ils arrivent, ils ont deux possibilités : s'il y a de la place près des randonneurs, quand le chemin est large et qu'ils peuvent marcher sur la terre ou sur les pierres, ils les doublent au petit trot ; quand le chemin est étroit, ils attendent que les randonneurs les laissent passer en se rangeant sur le côté.

Rita et Grant se mettent sur le côté.

« Jambo, dit Grant.

— Jambo », répond le premier porteur.

Il a environ vingt ans, il est vêtu d'un tee-shirt CBS News, d'un treillis et de chaussures de randonnée Timberland couleur crème, presque neuves. Il porte deux paquetages sur la tête. L'un d'eux est celui de Rita. Elle est sur le point de le lui dire lorsqu'elle se ravise.

« Habari ? dit Grant.

— Imara », répond le porteur.

Il s'éloigne, ainsi que les deux autres. Rita demande à Grant ce qu'il vient de dire. Habari, explique Grant, veut dire « Comment ça va », et Imara veut dire « bien ».

« Bleu ! » hurle soudain Jerry, en désignant un petit bout de ciel que le brouillard ne cache pas.

C'est le premier échantillon de bleu que le ciel leur montre depuis le début du parcours, et il provoque en Rita un spasme de joie anormal. Elle voudrait passer par l'ouverture et s'allonger sur le tapis de nuages, comme lorsqu'on grimpe à une échelle pour aller dans une cabane construite dans un arbre. Bientôt, le trou bleu s'élargit et le soleil, toujours obscurci mais désormais juste au-dessus de leurs têtes, envoie de la chaleur à travers une fine couche de nuages. L'atmosphère se réchauffe presque aussitôt et Rita, ainsi que les autres randonneurs, s'arrêtent pour enlever des vêtements et mettre des lunettes de soleil. Frank sort de son sac un pantalon mouillé et l'accroche à un mousqueton ; il pend jusqu'à ses talons, dégoûtant.

Mike arbore désormais en permanence le masque d'un démineur en train de désamorcer une bombe. Des gouttes de sueur perlent constamment le long des trois rides de son front. Il suce un cylindre argenté, pareil à un tube de ketchup, mais plus grand.

« C'est une sorte de nourriture énergétique », explique-t-il.

Tout le monde grignote ce qu'il a apporté. Chaque jour, Steven donne aux randonneurs un sachet-repas comprenant des œufs et des crackers, mais aucun d'entre eux n'y touche. Rita mange des cacahouètes, des raisins secs et du chocolat. Jerry mâchouille son bâtonnet de bœuf séché. Ils se partagent la nourriture et les vêtements dont ils ont besoin, ainsi que du matériel de soin. Shelly prête à Mike sa bande Velpeau pour qu'il la mette à sa cheville, qu'il trouve enflée. Jerry prête à Rita une paire de gants thermo-isolants.

Quinze porteurs dépassent les randonneurs pendant qu'ils mangent et se changent. L'un d'eux, plus costaud que les autres, uniformément minces, porte une radio qui diffuse de la country. Le porteur affecte une fierté nonchalante vis-à-vis de cette musique, comme s'il en était le propriétaire désinvolte. Grant dit « Jambo » à chaque porteur et la plupart lui répondent « Jambo », suscitant les salutations de Jerry — qui se plaît désormais à prononcer le mot, très fort.

« Jahm-BO ! » beugle-t-il, comme s'il voulait effrayer quelqu'un.

Shelly s'approche de Frank.

« Qu'est-ce qu'ils mangent, les porteurs ? demande-t-elle.

— Manger ? Les porteurs ? Eh bien, ils mangent la même chose que vous, en gros », dit Frank avant de tendre la main vers la hanche de Shelly, qu'il tapote. « Peut-être sans le grignotage », ajoute-t-il en lui faisant un clin d'œil.

On entend un grand boum, pareil aux détonations d'un avion à réaction. Ou à un tir d'artillerie. Tout le monde lève les yeux vers le ciel, puis en bas de la montagne. Personne ne sait où regarder. Les porteurs, plus haut sur le chemin mais toujours à portée de vue, s'arrêtent brièvement. Rita en aperçoit un qui mime un tir de mitrailleuse. Puis ils se remettent en route.

Rita marche seule désormais. Elle a parlé avec la plupart des randonneurs et se sent empêtrée. Elle connaît tout des mariages de Shelly, de sa thèse de philo, de son fils interné dans l'Indiana depuis qu'il a arrêté son traitement et menacé de tuer un de ses collègues avec un couteau à pizza. Elle connaît Jerry, sait qu'il a l'impression que ses restaurants permettent à leurs communautés de se rencontrer, qu'il a préféré s'inspirer des lieux de réunion de la Grèce antique plutôt que des restaurants contemporains — il a envie que des idées géniales voient le jour autour de sa cuisine —, et tandis qu'il se répandait là-dessus, gesticulant en brandissant un bâton qu'il trimbalait depuis trois heures, elle craignait qu'il n'utilise le mot *péripatétique*, et ça n'a pas raté. Elle savait que ça la ferait grimacer, ce qui a été le cas. Et elle sait que Mike ne se porte pas bien, que son état s'aggrave et qu'il s'est mis à ironiser, disant combien il serait drôle qu'un concepteur d'ambulances agonise sur une montagne sans avoir la moindre possibilité d'en prendre une.

Le terrain est changeant et Rita s'en félicite ; on dirait que l'itinéraire a été conçu par des randonneurs aux facultés de concentration limitées. Il y a eu de la forêt tropicale, puis de la savane, puis à nouveau de la forêt, puis de la forêt calcinée, et maintenant le sentier traverse un coteau rocailleux couvert d'un tapis végétal vert émeraude, des tréfonds océaniques asséchés, parsemés d'énormes rochers dégoulinant de lichen orange, d'allure synthétique.

À présent, les porteurs la dépassent régulièrement, non seulement les porteurs de son groupe mais une centaine d'autres, du campement canadien, du campement allemand, d'autres campements. Elle passe devant une Japonaise minuscule, assise sur un rocher rond, entourée d'un guide et d'un porteur, qui attendent.

Les porteurs progressent désormais avec plus de difficultés. Le premier jour, ils semblaient presque insouciants, et marchaient d'un pas si rapide qu'elle est maintenant surprise de les voir forcer, avancer d'un pas lourd et las. Un petit porteur, plus vieux, la rattrape et elle s'arrête pour lui permettre de passer.

« Jambo, dit-elle.

— Jambo », dit-il.

Il transporte un grand sac sur lequel figure le nom de Jerry, posé sur sa tête, maintenu par la large sangle du sac ; des entailles lui traversent le front. Sous la sangle, la transpiration lui descend le long de l'arête du nez.

« Habari ? s'enquiert-elle.

— Imara, répond-il.

— De l'eau ? » propose-t-elle.

Il s'arrête.

Elle sort la bouteille de la poche de son sac à dos et la lui tend. Il s'arrête, la prend, souriant. Il boit une longue rasade au large goulot du récipient en plastique clair, avant de se remettre en marche.

« Attendez ! » s'écrie-t-elle en riant.

Il s'en va avec l'eau.

« Juste une gorgée », dit-elle en lui faisant signe qu'elle voudrait récupérer la bouteille.

Il s'arrête, prend une autre gorgée, puis lui tend la bouteille, inclinant légèrement la tête tandis qu'il s'essuie la bouche du revers de la main.

« Merci », dit-il.

Il continue à gravir le sentier.

Ils ont installé le campement. Il est 3 heures de l'après-midi et le brouillard est revenu. Il flotte légèrement sur le paysage marron, immense, désert. Sous le brouillard, le sol du campement fait penser à un champ de bataille médiéval, désolé et prêt à accueillir la mort des hommes.

Rita est assise avec Jerry sur des rochers qui ont la forme et la taille d'un pouf pendant qu'on monte leurs tentes. Mike est couché par terre, sur son sac à dos, et, aux yeux de Rita, il ressemble énormément à un cadavre. Mike est presque bleu, et Rita n'a jamais entendu une respiration aussi caverneuse que la sienne. La manière dont son bâton pointe sous son aisselle pourrait faire croire qu'il a été transpercé d'une lance.

« Oh, Ashley ! dit-il à son espèce de ténia. Pourquoi est-ce que tu me fais ça, Ashley ? »

Au loin, dans le brouillard, on entend une chanson. On dirait que les paroles sont en allemand, et bientôt elles se changent en éclats de rire. Plus près de l'endroit où elle est assise, Rita perçoit un petit son irrégulier, un toc toc toc ponctué de temps à autre par des encouragements étouffés.

Le brouillard disparaît et bientôt Rita aperçoit Grant, qui a déjà monté sa tente, entouré de porteurs. Il joue avec un très jeune homme, le plus jeune et le plus maigre qu'elle ait vu, à une sorte de partie de tennis, tapant dans une petite balle bleue à l'aide de fines raquettes en bois. Grant est pieds nus, il sourit.

« Voyez-moi ça, dit Jerry. Saint Grant, patron des porteurs ! »

Pour le dîner, c'est la même nourriture — des nouilles froides, du riz blanc, des pommes de terre, mais ce soir, au lieu des tranches d'orange, il y a de la pastèque, méticuleusement découpée en fins triangles, petits bateaux verts aux voiles rouges sur un lac rond et argenté.

« Quelqu'un a transporté une pastèque jusqu'en haut », remarque Mike.

Personne ne fait de commentaire.

« Eh bien, elle n'est pas tombée du ciel », dit Frank.

Personne ne touche à la pastèque, car les randonneurs ont été avertis qu'il fallait éviter les fruits, à cause du palu présent dans l'eau. Steven, le porteur qui sert les repas et qui est toujours précédé de son sourire, repart sans tarder, remportant la pastèque dans la tente qui fait office de cantine. Il ne pipe mot.

« Qu'est-ce qui va arriver au type qui a monté la pastèque ? demande Jerry, en souriant.

— Il va sûrement redescendre, répond Frank. Il y en a plein qui sont déjà redescendus — les types qui ont apporté la nourriture qu'on a mangée. Y a pas mal de types qu'on voit un jour et puis qui disparaissent.

— Ils retournent dans les bananeraies », dit Jerry.

Rita ne cesse de se demander pourquoi Jerry lui paraît aussi familier, et maintenant elle a la réponse. Il ressemble à un homme qu'elle a vu à Target, un homme corpulent qui essayait des robes de chambre, dont l'une lui a tellement plu qu'il s'est baladé avec dans le magasin pendant presque une heure — elle l'avait croisé deux fois. Comme pour Jerry, elle est à la fois effarée et éblouie par leur indifférence au contexte, et au bon goût.

Les randonneurs parlent de leurs rêves. Ils prennent tous de la Maladrone, un médicament contre le paludisme qui provoque chez la plupart des gens des rêves inquiétants et hallucinés. Rita n'y prête pas attention car elle ne s'est jamais intéressée aux rêves des autres et n'en a pas fait un seul depuis le début du séjour.

Frank raconte son voyage à Puncak Jaya, le sommet le plus haut d'Indonésie, une montagne de cinq mille mètres où il fait terriblement froid. Ils étaient partis à la recherche d'un alpiniste qui y avait trouvé la mort en 1934, un explorateur britannique du nom de Frankon que des dizaines d'expéditions avaient tenté de localiser au cours des décennies passées. Le groupe de Frank, cependant, avait l'avantage de posséder le journal du coéquipier de l'alpiniste, récemment retrouvé quelques centaines de mètres plus bas. Connaissant plus ou moins l'itinéraire emprunté par Frankon, l'expédition de Frank, une fois arrivée à l'altitude où l'on supposait que Frankon avait expiré, avait retrouvé l'homme en un quart d'heure.

« Le voilà », s'était exclamé l'un des alpinistes, sans l'ombre d'un doute, car le corps était tellement bien préservé qu'il ressemblait exactement à la dernière photo que l'on avait prise de lui.

Il avait chuté d'au moins vingt-cinq mètres ; ses jambes étaient cassées mais étrangement, il avait survécu, essayant de ramper avant de se faire prendre par le gel.

« Et est-ce que vous l'avez enterré ? demande Shelly.

— L'enterrer ? dit Frank, surjouant l'étonnement. Comment diable aurait-on pu enterrer ce type ? Il y a quarante centimètres de neige là-bas, et en dessous, des rochers…

— Qu'est-ce que vous avez fait, alors ? Vous l'avez laissé là-haut ?

— Évidemment qu'on l'a laissé ! Il y est encore aujourd'hui, et je parie qu'il est toujours au même foutu endroit.

— Alors c'est comme ça que…

— Ouaips, c'est comme ça que ça se passe en montagne. »

À un moment donné, passé minuit, la vessie de Rita la tyrannise. Elle tente de s'extirper de la tente en silence, bien que le bruit de la fermeture Éclair intérieure, et puis extérieure, soit trop fort. Le temps qu'elle parvienne à extraire sa tête de la tente, Rita sait que Shelly est réveillée.

Son haleine sort en bouffées compactes et, dans l'air, tout paraît bleu. À présent, la lune a pris vie et elle a tout recouvert de bleu. Le monde est plongé sous l'eau, projetant d'incroyables ombres noires. Sous chaque rocher, il y a un trou noir. Sous chaque arbre, il y a un trou noir. Elle sort de la tente et s'enfonce dans l'air froid, si froid. Elle sursaute. Une silhouette apparaît près d'elle, immobile.

« Rita, dit la silhouette. Désolé. »

C'est Grant. Il est debout, les bras croisés sur son torse, face à la lune et — elle l'aperçoit, à présent

— devant la crête du Kilimandjaro, déployée. Elle en a le souffle coupé.

« C'est incroyable, n'est-ce pas ? murmure-t-il.

— Je n'aurais jamais imaginé… »

Il est gigantesque. Il est bleu-blanc et énorme, son faîte est aplati. La clarté est saisissante. Il est d'un blanc éblouissant, même maintenant, à une heure du matin. Sous la lune, le sommet blanc fait penser à une porcelaine sous la lumière des bougies. Et il a l'air si proche ! C'est une montagne, mais ils iront jusqu'en haut. Ils ont presque déjà parcouru la moitié du dénivelé, et cela emplit Rita d'un sentiment d'accomplissement total, absolu. Personne ne pourra le lui enlever.

« Les nuages viennent de partir, dit Grant. J'étais en train de me brosser les dents. »

Rita regarde le champ de tentes et aperçoit d'autres silhouettes, seules ou par deux, qui elles aussi se tiennent immobiles, devant la montagne.

Maintenant, elle est résolue à aller jusqu'au sommet. C'est presque, pense-t-elle, comme de regarder la lune et de savoir qu'on peut y aller. Entre elle et le sommet, ce n'est qu'une affaire de temps et de respiration. Elle est jeune. Elle le fera, elle l'aura fait.

Elle se tourne vers Grant, mais il n'est plus là.

Rita se réveille pleine d'énergie. Elle ne sait pas pourquoi mais elle a l'impression, alors que ses yeux s'ouvrent soudain et que son corps semble reposé, qu'elle est à sa place ici, dans cette montagne. Elle est prête au combat. Aujourd'hui, elle gravira le sentier en courant, pieds nus. Elle transportera elle-même son paquetage. Elle portera Shelly sur son dos. Il n'y a que deux nuits qu'elle dort sur cette montagne, mais il lui semble que ça fait des mois. Elle est convaincue que si on la laissait toute seule ici, elle survivrait, elle s'adapterait, comme la plus robuste des plantes — sa peau deviendrait vert émeraude, ses pieds vigoureux et noueux, durs et adroits comme des racines.

Elle quitte la tente, l'air est encore gris de brouillard, et tout est gelé — ses chaussures sont couvertes de givre. On ne voit plus le sommet. Elle enfile ses chaussures et s'éloigne du campement en courant pour faire pipi. En chemin, elle décide qu'elle va courir jusqu'au moment où elle trouvera le ruisseau ; là, elle se lavera les mains. Maintenant que cette montagne est la sienne, elle peut se laver les mains dans ses ruisseaux, y boire à son gré, vivre dans ses cavernes, monter à l'assaut de ses parois rocheuses abruptes.

Il lui faut un quart d'heure pour repérer le ruisseau. Elle le pistait en épiant le bruit du petit cours d'eau, mais sans succès, et finit par se contenter de suivre le pull zébré d'un porteur transportant deux récipients vides.

« Jambo, dit-elle à l'homme, y mettant autant de précision que Grant.

— Jambo », répète l'homme, avant de lui sourire.

Il est jeune, c'est sûrement le porteur le plus jeune qu'elle ait vu, peut-être dix-huit ans. Une cicatrice lui barre la bouche, depuis la base du nez jusqu'au-dessus de la fossette du menton. Les récipients ont la taille et la forme de jerricans d'essence. Il en place un sous une petite cascade, et il commence à se remplir, produisant exactement le même son que celui qu'elle entendait depuis son lit, dans sa case à Moshi. Elle s'est accroupie à quelques mètres du porteur, dont le pull est zébré de rayures roses et noires.

« Vous aimez les zèbres ? » demande-t-elle.

Il sourit, hochant la tête. Elle touche son pull et lui fait un signe, le pouce levé. Il sourit, mal à l'aise.

Elle plonge les mains dans l'eau. Exactement la température à laquelle elle s'attendait — froide mais pas glacée. Elle se sert de ses ongles pour gratter la crasse sur ses paumes ; les mouvements qu'elle effectue, semblables à ceux d'une truelle, semblent ôter la terre des crevasses de sa main. Elle laisse ensuite l'eau courir sur sa paume, et son sentiment d'accomplissement est grandiose. Elle les nettoiera, ces mains crasseuses, avec ou sans savon ! Mais quand elle a terminé, après avoir essuyé ses mains à son short, elles ont toujours l'air aussi dégoûtantes.

Le soleil s'est levé pendant qu'elle les contemplait, et elle se tourne vers lui, bas et puissant. Le soleil la convainc qu'elle est davantage à sa place ici que les autres randonneurs, et les porteurs. Elle ne porte toujours pas de chaussettes ! Et maintenant le soleil la réchauffe, lui dit de ne pas s'inquiéter si elle ne parvient pas à se nettoyer les mains.

« Soleil », dit-elle au porteur, et il sourit.

Il hoche la tête tandis qu'il referme le bouchon sur le deuxième récipient.

« Comment vous vous appelez ? demande-t-elle.

— Kassim », répond-il.

Elle lui demande d'épeler son nom. Il s'exécute. Elle essaye de le prononcer et il sourit.

« Vous pensez qu'on est fous de payer pour gravir cette montagne ? » demande-t-elle.

Elle hoche la tête, espérant qu'il sera d'accord avec elle. Il sourit et secoue la tête, sans comprendre.

« Fous ? dit Rita, en désignant sa poitrine. De payer pour gravir cette montagne ? »

Elle fait courir son index et son majeur dans les airs, sur une montagne imaginaire. Du doigt, elle désigne le sommet du Kilimandjaro, cerclé de nuages, des pointes arrondies protégeant les mille derniers mètres.

Il ne comprend pas, à moins qu'il ne fasse semblant. Rita décide que Kassim est son porteur préféré et qu'elle veillera sur lui. Elle lui donnera son déjeuner. Quand ils seront redescendus, elle lui donnera ses chaussures. Elle jette un coup d'œil à ses pieds, protégés par de vieilles baskets en faux cuir, et s'aperçoit qu'ils sont bien trop grands. Peut-être a-t-il des enfants. Il pourra donner les chaussures de Rita à ses enfants. L'idée qu'il est en train de travailler traverse alors son esprit. Que sa famille l'attend à la maison pendant qu'il est en montagne. C'est ce qui lui manque le plus, rentrer chez elle et y trouver ses enfants. Ils démarreraient au quart de tour, ils avaient toujours des milliers de choses à dire. Elle a envie de signer d'autres fiches d'autorisation pour les sorties éducatives. Elle a envie de maudire calmement le prof de gym qui les a tellement rendus malades. Elle a envie de nettoyer le chewing-gum collé au sac à dos de J.J. ou de laver les draps trempés d'urine de Frederick.

Kassim a terminé, ses récipients sont pleins, et il se lève, lui fait au revoir et retourne au campement, au trot.

Sous le soleil, les randonneurs et les porteurs étendent leurs vêtements mouillés sur les rochers, les suspendent aux branches dépouillées des arbres. La température passe de zéro à quinze degrés en une heure et tout le monde est ivre de cette chaleur, de l'idée d'être sec, que tout soit sec. Le campement, désormais visible à des centaines de mètres, est saccagé par des centaines de gens — peut-être quatre cents — et les objets qu'ils ont apportés dans la montagne. Des lambeaux de couleurs surgissent tout autour, dégoulinant des arbres, saignant dans la terre. Où que le regard se pose, des randonneurs sont en train de marcher, du papier toilette à la main, pour trouver un endroit isolé afin d'y déposer leurs déchets.

Rita dévore son porridge, consciente de se sentir en forme alors que d'autres dépérissent. Ils sont agglutinés autour de la table de poker, sous la tente dont les rabats sont ouverts pour la première fois pendant un repas, et il fait trop chaud maintenant, il y a trop de soleil. Ceux qui font face au soleil portent des lunettes de protection.

« Doux Jésus, ce que ça fait du bien, dit Jerry.

— On se croirait à la plage », ajoute Shelly, et ils éclatent de rire.

« Je ne voudrais pas gâcher l'ambiance, les interrompt Frank, mais j'ai une annonce à faire. Je voudrais mettre les points sur les i : vous n'avez pas le droit de donner des objets aux porteurs. Ce matin, Mike a estimé que c'était une bonne idée de donner ses lunettes de soleil à un porteur, et que s'est-il passé, Mike ?

— J'ai vu un autre type les porter.

— Combien de temps a-t-il fallu pour que ces lunettes se retrouvent sur le nez de l'autre type ?

— Un quart d'heure.

— Et pourquoi donc, Mike ?

— Parce que c'est à Patrick qu'on doit donner les objets en premier.

— Exact. Écoutez, vous tous. Il y a une hiérarchie, ici, et Patrick sait comment ça marche. Si vous êtes pris d'un élan de générosité et que voulez donner votre repas ou vos lacets ou je ne sais quoi à quelqu'un, donnez-le à Patrick. Il le distribuera. C'est le seul moyen pour que ça soit équitable. C'est compris ? Vous êtes ici pour marcher, eux sont ici pour travailler. »

Tout le monde acquiesce.

« Et de toute façon, pourquoi vous avez donné vos lunettes de soleil, Mike ? Vous allez en avoir sacrément besoin les deux prochains jours. Vous allez monter jusqu'au sommet et vous...

— Je redescends, dit Mike.

— Quoi ?

— Il faut que je redescende », explique Mike en regardant fixement Frank, ses yeux bleus inondés de soleil jusqu'à ce qu'ils deviennent gris serpillière, presque incolores. « Je n'ai plus le désir en moi.

— Le désir, hein ? »

Frank s'interrompt une seconde, et semble partagé entre l'envie de plaisanter avec Mike, de le faire changer d'avis, et d'accepter sa décision. Il est évident qu'il veut que Jerry dise quelque chose, mais Jerry reste coi. Jerry parlera à Mike seul à seul.

« Eh bien, dit Frank, c'est vous qui savez, à mon avis. Patrick va demander à un porteur de vous raccompagner en bas. »

Mike et Frank parlent de la manière dont ça va se dérouler. Faire toute la descente en une journée ? C'est ce qu'il y a de mieux, dit Frank. Comme ça vous n'aurez pas besoin de ravitaillement. Qui rapportera mes affaires ? Vous prenez votre sac, un porteur se chargera du paquetage. Vous arriverez à la nuit tombée, sûrement, et Godwill viendra à votre rencontre. Qui est Godwill ? Le chauffeur. Oh, le vieux. Oui. Godwill. Il viendra vous chercher. Si les gardes forestiers estiment que c'est une urgence, ils le laisseront monter en voiture jusqu'à la moitié du chemin. Donc, combien de temps de marche il faudra pour redescendre ? Six heures. Je crois que j'y arriverai. Vous y arriverez, Mike, vous y arriverez. Vous n'avez pas le choix. Pas de problème. Merci d'avoir participé. Vous aurez peut-être plus de veine la prochaine fois.

Jerry n'a toujours pas dit un mot. Il mange son porridge rapidement, attentif. Il le mastique, les traits tirés, le regard calculateur.

Après le petit déjeuner, Rita, sur le chemin des sanitaires, passe devant la cantine. Il y a six porteurs à l'intérieur, et un petit groupe au-dehors — des porteurs plus jeunes, pour la plupart, tenant chacun une petite tasse, agglutinés autour d'une grande bassine en plastique pareille à celles qu'on utilise dans les restaurants pour les assiettes et les couverts sales. Kassim figure parmi eux ; elle le reconnaît tout de suite car, comme tous les porteurs, il porte les mêmes vêtements d'un jour à l'autre. Elle reconnaît un autre pull, au buste blanc et aux manches orange, un logo Hello Kitty criard sur la poitrine. Rita tente en vain de croiser le regard de Kassim dont l'attention est attirée par la tente de la cantine. Steven entre, muni d'un récipient argenté qu'il renverse dans la bassine. Les jeunes porteurs fondent dessus, plongeant vivement leur tasse dans le petit tas de porridge jusqu'à ce que, quelques secondes plus tard, il ne reste plus rien.

Le sentier grimpe petit à petit et serpente dans la montagne, et Mike, qui grogne à chacun de ses pas lourds, est toujours parmi eux. Rita ignore pourquoi il est resté avec le groupe. Il est derrière eux, à la traîne, aux côtés de Patrick, et semble vidé de son sang et de tout espoir. Il est pâle, penche d'un côté, et il utilise son bâton de randonnée comme un vieillard utiliserait son bâton de vieillesse, le pas mal assuré, reposant trop lourdement sur le pommeau de la canne.

Les nuages suivent le groupe qui gravit la montagne. Il faut qu'ils précèdent les nuages, leur a dit Frank, s'ils veulent profiter de la chaleur. Dans les discussions, il a été question de pluie, mais Frank et Patrick pensent qu'il ne pleuvra pas au prochain campement — il est trop haut. Ils progressent dans une zone d'altitude désertique du nom de La Selle, entre Mawenzi, un pic déchiqueté situé un kilomètre et demi plus loin, et Kibo, au-dessus. La végétation est désormais clairsemée, les arbres ont disparu depuis longtemps. Juste au-dessus du chemin se dresse la montagne, bien que le pic soit encore caché par une couche de nuages. Rita et Grant sont les seuls à l'avoir vue, à minuit, sous la petite lune brillante.

La journée est entamée depuis deux heures lorsque Rita sent des palpitations dans sa tête. Ils sont à 3 650 mètres d'altitude, et la douleur arrive d'un coup. Elle a mal à l'arrière du crâne ; c'est là qu'on lui a dit que la douleur commencerait, avant de croître et de se transformer en œdème cérébral. Elle commence à avoir du mal à respirer, et tente d'apporter plus d'oxygène à son sang, donc à son cerveau. Sa respiration porte ses fruits pendant de courtes durées, la douleur s'estompe, mais elle revient encore plus fort. Elle respire vite, et bruyamment, et la douleur s'éloigne quand elle accélère le pas, et que la pente devient plus raide, alors elle sait qu'elle doit continuer d'avancer.

Elle marche avec un trio de Sud-Africains venus en voiture de Johannesburg. Elle leur demande combien de temps a pris le voyage, imaginant qu'il doit durer de seize à dix-huit heures. Ils rient, non, non — trois semaines, mon amie, disent-ils. Il n'y a pas d'autoroutes en Afrique orientale ! s'écrient-ils. Ils marchent sur un sentier facile, qui contourne la montagne en un arc de cercle, à travers un champ de schiste. Les pierres ont la couleur de la rouille et des baleines, débris qui tintinnabulent et résonnent bruyamment sous leurs pieds.

Le sentier longe le flanc le plus désertique du Kilimandjaro, une zone où il semble que le volcan a craché non pas de la lave mais de l'acier rouillé. On dirait qu'il est battu par les vents, les strates de schiste rebiquent au sommet de la montagne comme si elles essayaient encore d'échapper au feu venu de son ventre.

Ils descendent dans une vallée, traversant une maigre forêt de lobélies, toutes pareillement ridicules, chacune avec un tronc gris de cocotier coiffé d'une explosion exubérante de vert, tête folle aux cheveux hérissés et verdoyants. Un ruisseau coule le long du sentier, à l'abri d'une fissure étroite et peu profonde creusée dans le versant de la vallée, et ils s'y arrêtent pour remplir leurs bouteilles d'eau. Ils s'accroupissent tous les quatre comme des gargouilles, partageant une petite fiole de pilules purifiantes. Ils mettent deux pilules minuscules, couleur acier, dans les bouteilles et les secouent. Ils attendent, toujours accroupis comme des gargouilles, que les pilules se dissolvent, puis ajoutent des petites pastilles blanches destinées à améliorer le goût de l'eau. Ils se relèvent.

Elle décide de trottiner devant les Sud-Africains, pour descendre le sentier. Tiraillée entre le désir d'en savoir plus sur la situation économique en Afrique subsaharienne et la perspective de descendre la piste en courant pour atteindre le campement au plus tôt, elle choisit la deuxième option. Elle leur dit qu'elle les retrouvera en bas et lorsqu'elle se met à trottiner, elle se sent tout de suite mieux. Après quelques minutes, sa respiration est plus dense et ses idées plus claires. L'effort, comprend-elle, doit être intense et continu.

Un peu plus loin, un homme est allongé sur le sentier qui forme un coude sous un bosquet de lobélies. Elle accourt, se précipitant vers lui. Le corps est recroquevillé, comme s'il s'était effondré. C'est Mike. Elle se penche sur lui, sa peau est presque bleue. Il dort. Il est allongé sur le sentier, son sac toujours accroché au dos. Elle ôte le sien et s'agenouille à côté de lui. Il respire. Son pouls semble lent mais pas catastrophique.

« Rita.

— Ça va ? Qu'est-ce qui se passe ?

— Fatigué. Malade. Veux rentrer chez moi.

— Eh bien, je suis sûre que votre souhait sera vite exaucé. Vous êtes dans un sale état. »

Il sourit.

Rita l'aide à se relever et ils descendent lentement pour rejoindre le campement. Celui-ci s'étale dans une large vallée, les tentes sont plantées au bord d'une falaise — le campement, ce jour-là, est superbe. Ils y arrivent en fin d'après-midi ; le soleil brille partout. C'est la grande vallée de Barranco, située bien au-dessus des nuages qui s'étalent au-delà de l'entrée de la vallée, comme tenus à distance derrière une vitre.

Les tentes sont montées ; elle aide Mike à entrer dans l'une d'elles, lui installe la tête sur un coussin de vêtements, le soleil diffusant à l'intérieur une lumière rose et inquiétante. Quand Jerry, qui est déjà arrivé au campement et lave ses chaussettes dans le ruisseau, remarque que son fils est là, il pénètre dans la tente, demande à Rita de partir et, lorsqu'elle s'exécute, referme la fermeture Éclair de la tente.

Dans sa propre tente, Rita est anéantie. Maintenant qu'elle ne bouge plus, la douleur dans son crâne devient un être vivant. C'est un animal de la taille d'un rat, hérissé de piquants, la respiration haletante, syncopée, la queue agitée, niché dans son lobe frontal. Mais il n'y a pas de place pour cet animal dans son lobe frontal, et c'est pourquoi une énorme pression s'exerce dans son crâne. La douleur atteint le coin de ses yeux. Quelqu'un enfonce lentement un stylo ou un crayon à l'extrémité de ses sourcils, juste derrière ses yeux, qu'il transperce pour atteindre le centre de sa tête. Lorsqu'elle pose le majeur et l'index à la base de son crâne, elle sent une pulsation.

La tente est jaune. Le soleil donne l'impression que la tente est vivante ; elle est à l'intérieur d'un citron. L'atmosphère semble être jaune, et tout ce qu'elle sait de la couleur jaune se trouve ici — sa gloire et son anémie. La chaleur augmente, le soleil règne sur la journée, généreux, généreux, et pourtant il a le cœur gros.

La nuit est froide. Ils sont à 4 400 mètres d'altitude et l'air s'est raréfié ; lorsque le soleil disparaît, le froid est cruel, sacrilège. La pluie revient. Frank et Patrick sont stupéfaits par la pluie, d'après eux il pleut rarement dans cette vallée, or elle commence après le coucher du soleil, sous forme de crachin, et dès l'heure du dîner, elle tombe sans faiblir. La température s'effondre.

Au dîner, ils mettent au point la randonnée du lendemain — l'ascension finale. Ils se lèveront à 6 heures du matin, marcheront pendant huit heures et s'arrêteront au campement supérieur, où ils mangeront et puis dormiront jusqu'à 11 heures du soir. À 11 heures, le groupe se réveillera, préparera ses affaires, et fera la dernière étape de 6 heures dans le noir. Ils atteindront le pic de Kibo au lever du soleil, prendront les photos et flâneront une heure avant d'entamer la descente, de huit heures, jusqu'au campement final, à mi-parcours, le chemin empruntant un autre versant cette fois, moins spectaculaire, plus rapide, plus direct.

Shelly demande si tous les porteurs montent avec le groupe.

« Quoi, jusqu'au sommet ? Non, non », dit Frank.

Seulement cinq viendront, en tant que guides, en fait, explique-t-il. Ils viennent avec le groupe, au cas où quelqu'un aurait besoin d'aide avec un sac, ou besoin de redescendre. Les autres porteurs restent au campement, puis le démontent et s'en vont rejoindre le groupe au campement final, sur le long chemin de la descente.

Après avoir mangé, très peu, Rita quitte la tente et sa tête heurte l'oreille d'un porteur. C'est l'homme qui était allé chercher de l'eau au ruisseau.

« Jambo, dit-elle.

— Bonsoir », répond-il.

Il porte un petit sac à dos. Environ vingt porteurs s'affairent autour de la tente où le dîner a été servi, bien que seulement trois soient chargés de tout débarrasser. Lorsque la tente est vide, deux porteurs supplémentaires replient la table à jouer et les chaises. Bientôt il ne reste plus rien et les porteurs commencent à y entrer à la queue leu leu, dans l'intention, présume Rita, de la nettoyer avant de la démonter.

Rita s'allonge. Elle s'allonge lentement, posant sa tête sur le coussin que Shelly a improvisé pour elle à l'aide d'un sac-poubelle rempli de vêtements moelleux. Or, même les petits froissements du sac-poubelle sont horriblement sonores. Rita a peur. Elle voit la tombe du jeune homme qui est mort ici il y a six mois : à l'hôtel, dans un cadre, sur le bureau de l'accueil, il y avait une photo de la tombe, et de lui également — un beau jeune homme souriant sous un bandana bleu — dans le but d'inciter les clients à ne pas dépasser leurs limites. Elle voit son propre corps que les porteurs soulèvent pour le redescendre. Prendraient-ils soin de son cadavre ? Elle doute qu'ils en prennent soin. Ils essaieraient de redescendre rapidement.

Ils la porteraient jusqu'au lit qui ressemble à un pousse-pousse, et puis ils se mettraient à courir.

Elle écoute les randonneurs qui se préparent à aller se coucher. Elle est dans son sac de couchage et elle a encore froid — elle porte trois couches de vêtements mais se sent écorchée. Elle frissonne et les frissons lui font mal à la tête, aussi oblige-t-elle son corps à se calmer, s'enduisant la peau de son propre calme comme s'il s'agissait d'une huile chaude, et elle respire plus lentement. Quelque chose lui mange les jambes. Elle est éveillée lorsqu'une panthère entre et commence à lui mordiller les mollets. Elle regarde la panthère la mordiller et la sent, elle la sent comme si c'était un chiot en train de lui lécher les orteils, sauf que du sang, des os, et de la moelle apparaissent ; le chiot aspire la moelle de ses os, levant les yeux vers elle, il sourit, et demande : Comment vous vous appelez ? Vous aimez les zèbres ?

Elle est réveillée par le bruit de la pluie qui s'intensifie. Elle se fait violence pour s'arracher au rêve et parvient presque aussitôt à l'oublier. La pluie accapare son esprit. La pluie est forte et violente, comme des coups à une porte, et les coups s'abattent plus fort, et ils ne s'arrêtent pas, les coups — Bon Dieu, est-ce que quelqu'un pourrait aller ouvrir ? Elle se gèle toute la nuit. Elle se réveille d'heure en heure et enfile un autre vêtement, jusqu'à ne plus pouvoir bouger. Elle envisage un instant de rester au campement avec les porteurs, de ne pas faire la dernière ascension. Il y a des photos. Il y a un film IMAX. Elle arrivera peut-être à survivre sans atteindre le sommet.

Mais elle ne veut pas être mise dans le même sac que Mike. Elle vaut mieux que Mike. Elle a ses raisons pour finir cette randonnée. Elle doit la finir parce que Shelly la finit, et que Grant la finit. Elle vaut autant qu'eux. Elle n'en peut plus de se résigner à ne pas pouvoir continuer. Depuis des années, elle fait tout ce qu'elle peut pour aller jusqu'au bout, mais chaque fois, elle s'arrête avant de toucher au but, et se contente d'avoir essayé. Elle a trouvé du réconfort dans les nuances entre succès et échec, entre un but atteint, accompli, et un but adapté.

Elle met un tee-shirt et une paire de chaussettes propres. Elle se rendort. Elle se réveille à l'aube, Shelly s'est pelotonnée tout contre elle. Elle s'endort.

La lumière qui filtre par l'ouverture est pareille à une fissure dans un monde qu'aucune forme ou limite ne vient interrompre. Il n'y a que du blanc. Blanc sur blanc. Plissant les yeux, elle tend le bras pour atteindre ses lunettes de soleil, tâtonne en vain, ne touche que les pierres sous la tente, chaque pierre sous ses doigts parvient étrangement à se forer un chemin jusque dans sa tête, chaque pierre sous ses doigts lui cogne la tête. Elle respire le plus profondément possible, mais ça ne change rien. Elle sait que le sang n'irrigue pas suffisamment son cerveau. Ses facultés s'évaporent. Elle fait une gymnastique mentale élémentaire, se met à l'épreuve — l'alphabet, les États américains, les conjugaisons latines — et découvre que ses pensées sont dispersées. Elle inspire tellement profondément que l'air semble grossier, et expire avec une telle force que sa poitrine se creuse. Shelly dort toujours.

Voici les lueurs de l'aube. S'il y a du soleil, c'est que la pluie doit avoir cessé. Il ne fera pas aussi froid aujourd'hui — il y a du soleil. Déjà elle a plus chaud, la tente se réchauffe rapidement, mais le vent souffle toujours aussi fort et la toile ondule bruyamment.

Que se passe-t-il ? Il y a du raffut dehors. Les porteurs crient. Elle entend Frank, dont la tente est tout près, en ouvrir et en refermer la fermeture Éclair, puis ses pas se dirigent vers les voix. Des voix s'élèvent et disparaissent dans le vent, brisées par le bruissement de la toile.

Quelqu'un essaie d'entrer dans la tente.

« Shelly, dit Rita.

— Oui ?

— Qui est-ce ?

— C'est moi, ma chère. »

Des heures ou des secondes s'égrènent. Shelly est de retour. Quand est-elle partie ? Shelly a pénétré dans la tente et à présent referme lentement la fermeture du rabat, s'efforçant de ne pas la déranger. Des heures ou des secondes ?

« Rita, ma grande. »

Rita voudrait répondre mais elle ne trouve pas sa langue. La lumière s'est insinuée en elle, la lumière la remplit, comme une chose liquide qui force son chemin jusqu'aux recoins d'un moule, et bientôt elle replonge dans un sommeil hébété.

« Rita, ma puce, il s'est passé quelque chose. »

À présent, Rita monte à cheval, elle se trouve sur une sorte de champ de bataille. Elle monte en amazone, esquivant les balles. Elle est invincible, et son cheval semble voler. Elle flatte son cheval et le cheval lève les yeux vers elle, sans chaleur, lui mord le poignet et continue de galoper, en tirant sur les rênes.

Les heures ont passé. Elle ouvre les yeux et n'éprouve pas de douleur. Quelque chose a changé. Sa tête est plus légère, le mal a diminué. Shelly est partie. Rita ne sait pas l'heure qu'il est. Il fait toujours clair. Est-ce le même jour ? Elle n'en sait rien. Tout le monde pourrait être parti. On l'a abandonnée ici.

Elle se lève. Elle ouvre la porte de la tente. Une foule s'est assemblée autour de deux hommes qui referment la fermeture Éclair d'un immense sac de paquetage. La fermeture s'est coincée sur un truc rose, du tissu ou autre chose, un motif à rayures. Ils portent à présent le sac sur leurs épaules, chacun sur l'épaule gauche, et autour d'eux des hommes se disputent. Patrick repousse quelqu'un et désigne les porteurs avec le sac, en bas du sentier. Puis un autre sac, énorme, apparaît, avec deux autres porteurs, qui prennent le sentier pour descendre. Grant est là. À présent, Grant aide à hisser un autre paquetage. Il en pose une extrémité sur son épaule tandis qu'un porteur attrape l'autre côté, et ils se mettent en marche, descendant le chemin, dans la direction opposée au sommet.

Elle ferme les yeux, son esprit bat la campagne. Des bribes de conversations cheminent dans sa tête, par les orifices de sa conscience.

« Qu'est-ce qu'ils portaient ?

— Ben, essayez de vous dire que c'étaient comme des chauffeurs de taxi. C'est un boulot, non ? Les risques du métier…

— Est-ce que vous emportez les cacahouètes, aussi ?

— Ce n'est pas en passant tout votre temps à dormir que les choses iront mieux, ma chère. »

J.J. et Frederick sont sur une chaise électrique. La sténographe bruxelloise est là, à côté de Rita, et elles sourient aux enfants. D'après la logique du rêve, il semble évident que J.J. et Frederick vont être exécutés parce qu'ils ont perdu un pari quelconque. Ou parce que leur destin était de finir sur la chaise électrique et que celui de Rita et de la sténographe bruxelloise était de leur tenir la main. J.J. et Frederick tournent les yeux vers elle en chantant. Ils chantent pour elle, en chœur, de leurs voix de fausset, douces et fortes :

Un et deux
Nous avons toujours su
Trois et quatre
Que tu ne nous donnerais rien de plus

Rita leur tient la main lorsque les décharges commencent. Elle est résignée, sachant qu'il y a des règles et que ce n'est pas à elle de les contester. Mais leurs dents se mettent à claquer, leurs yeux se lèvent vers elle et elle se demande ce qu'elle pourrait faire pour y mettre un terme.

« Comment vous sentez-vous ? »

Elle a la tête claire, délestée. On dirait qu'elle fait à nouveau partie d'elle.

« Vous aviez seulement besoin d'un peu de temps pour vous y faire, je parie. »

Rita lève la tête, et n'éprouve pas de douleur. Elle n'a pas de difficultés à soulever la tête. Elle est stupéfaite de la légèreté de sa tête.

« Eh bien, si vous venez, je pense qu'il faut que vous soyez prête dans quelques minutes. Nous sommes déjà très en retard. Il va falloir bouger. »

Rita ne veut plus rester dans la tente. Elle arrivera à en finir, elle l'aura fait, elle aura fait quelque chose.

Le terrain est rocailleux, couvert d'éboulis, abrupt ; sinon, ce n'est pas le trekking le plus difficile au monde, lui dit-on. Ils se contenteront de grimper jusqu'au bout. Ce sera quelque chose dont elle pourra dire qu'elle l'a fait, avec d'autres, et pouvoir répondre oui quand on lui demandera si elle a atteint le sommet changera la donne, lui épargnera d'avoir à expliquer pourquoi elle est redescendue, alors que deux randonneurs de plus de cinquante ans sont montés.

Rita emporte sa parka et sa nourriture, elle fourre le reste dans son sac de paquetage pour que les porteurs le redescendent au prochain campement. Le vent se lève et fait onduler la tente et soudain, elle est prise de panique. Il s'est passé quelque chose. Elle se rappelle que Shelly a dit qu'il s'était passé quelque chose pendant qu'elle dormait — mais quoi ? Est-ce que…

Mike. Oh mon Dieu. Son ventre se liquéfie.

« Est-ce que Mike va bien ? » demande-t-elle.

Elle sait que la réponse sera négative. Elle regarde le dos de Shelly.

« Mike ? Mike va bien, ma grande. Il va bien. Je ne pense pas qu'il se joindra à nous aujourd'hui, mais il se sent un peu mieux. »

Rita se rappelle que Grant est redescendu. Qu'est-il arrivé à Grant ? « Honnêtement, je me demande pourquoi il est parti, répond Shelly en se tartinant de l'écran total blanc sur le nez. Mais bon, on peut trouver plus normal, comme type, non ? »

Le ciel est clair et, bien que l'atmosphère soit encore fraîche, sept degrés environ, le soleil réchauffe le visage de Rita. Elle tient debout, et elle a du mal à y croire. Elle marche sur le schiste jusqu'à la cantine, les fins débris de roche tintinnabulant comme un portail de fer qui se referme.

Mike est là. Il est 8 heures du matin, et ils ont deux heures de retard sur le planning. Pour le petit déjeuner, ils engloutissent du porridge, des œufs durs, et du thé. Tout le monde est épuisé et silencieux. Grant est redescendu et Mike ne monte pas. Elle sourit à Mike qui mord dans son œuf.

Les randonneurs qui restent — Rita, Jerry, Shelly — ainsi que Frank et Patrick lui disent au revoir. Ils le retrouveront dans une douzaine d'heures, disent-ils, et il se sentira mieux. Ils lui rapporteront de la neige du Kibo, disent-il. Ils veulent y aller, se hisser jusqu'au sommet, d'où ils pourront le regarder de toute leur hauteur.

Depuis le pic, Rita aperçoit des centaines de kilomètres de Tanzanie, verte et immense, jusqu'à ce qu'une ligne de nuages bas s'interpose et avale la terre. Elle voit Moshi, dont les minuscules fenêtres reflètent la lumière du soleil, pareilles à des particules d'or aperçues au fond d'un ruisseau peu profond. Tout le monde prend des photos devant un panneau vantant l'altitude du sommet, et son statut de pic le plus élevé d'Afrique, de plus haute montagne isolée du monde. Derrière le panneau apparaît la cavité de Kibo, un énorme cratère volcanique, plat, où la neige forme un motif cachemire.

Sur le versant de la montagne qui donne sur Moshi, les glaciers sont peu élevés et immenses, blancs au sommet et striés depuis l'endroit où elle regarde, plus haut. Elle aperçoit les gigantesques dents d'une baleine blanche. Des stalactites de six mètres de haut s'écoulent sur une barre rocheuse, en contrebas.

« Elles sont en train de disparaître », déclare Jerry. Il se tient derrière Rita, regardant avec une paire de jumelles. « Elles fondent de plusieurs centimètres chaque année. Elles rétrécissent lentement, mais inexorablement. Dans vingt ans, il n'y en aura plus. »

Rita met sa main en visière pour regarder dans la même direction que Jerry.

« Plus de neiges du Kilimandjaro, hein ? » dit-il en poussant un soupir théâtral.

Il y a d'autres personnes sur le sommet du Kibo, un groupe compact de randonneurs chinois, qui ont tous la cinquantaine, et une dizaine d'Italiens avec des sacs légers et du matériel noir aux lignes épurées. Les randonneurs qui ont réussi à monter jusqu'ici se font un signe de tête quand ils se croisent. Ils confient leur appareil photo à des inconnus pour se faire photographier. Le vent souffle sur la montagne par rafales semblables à des fantômes.

La marche jusqu'au sommet avait été lente et abrupte et il faisait un froid féroce. Ils s'étaient reposés dix minutes toutes les heures et lorsqu'ils s'asseyaient ou restaient debout, pour manger des céréales et boire de l'eau, leur corps refroidissait, fouetté par le vent. Au bout de quatre heures, Shelly faiblissait ; elle avait déclaré qu'elle voulait redescendre.

« Virez-moi ce sac ! avait crié Frank, le lui arrachant comme s'il était en feu. Ne jouez pas les héroïnes », avait-il ajouté avant de donner le sac à l'un des porteurs.

Shelly avait continué, revigorée d'être délestée de ce poids. Les cinq cents derniers mètres, alors qu'ils apercevaient la crête de la montagne juste au-dessus, avaient pris presque deux heures. Ils avaient atteint le sommet alors que le soleil transperçait un amas de nuages violets.

À présent Rita respire le plus rapidement et le plus profondément possible — le mal de tête lutte pour prendre possession de son crâne, et elle halète pour le tenir en respect. Mais elle est heureuse d'avoir gravi cette montagne, et n'arrive pas à croire qu'elle a failli abandonner avant le sommet. Maintenant, pense-t-elle, contemplant les vues qui s'offrent à elle où que ses yeux se posent, et songeant à la communion qui la lie à ceux qui sont arrivés jusqu'ici, rien n'aurait pu arrêter son ascension. Elle comprend alors pourquoi un jeune homme a continué de grimper jusqu'à être terrassé par l'œdème, pourquoi ses pieds l'ont porté alors que sa tête se vidait de son sang et de sa raison. Rita est fière d'elle, elle aime ses compagnons, et se sent désormais plus proche de Shelly, de Jerry, de Patrick et même de Frank, que de Mike, ou même de Grant. Surtout pas de Grant, qui a choisi de redescendre, alors qu'il était assez fort pour réussir. Le souvenir de Grant s'évanouit déjà, c'est quelqu'un qu'elle n'a jamais vraiment connu, un ami qu'elle avait lorsqu'elle était petite et qui a déménagé avant qu'ils ne puissent grandir ensemble.

Rita rejoint Shelly, assise sur une petite boîte métallique attachée par une chaîne à l'un des panneaux.

« Eh bien, je suis quand même contente, dit Shelly. Je sais que je ne devrais pas, mais c'est comme ça. »

Rita s'assoit à côté d'elle, haletant pour garder la tête claire.

« Pourquoi vous ne devriez pas être contente ? demande Rita.

— Je me sens coupable, je crois. Comme tout le monde. Mais je ne sais pas comment, en renonçant, on aurait ramené ces trois porteurs à la vie.

« La nuit dernière, explique Shelly. Ou bien la nuit d'avant. La dernière nuit où nous avons dormi, quand vous étiez malade, Rita. Vous vous rappelez ? La pluie ? Il faisait si froid, et ils dormaient dans la tente de la cantine, qui était trouée, et elle était complètement trempée. Ils ne se sont pas réveillés, tout simplement, Rita. Vous n'étiez pas au courant ? Je sais que vous dormiez, mais vraiment, vous n'étiez pas au courant ? À mon avis, vous le saviez tout au fond de vous. Qui croyez-vous qu'ils transportaient en bas ? Oh mon Dieu, regardez comme les glaciers ont l'air de rayonner sous le soleil. Ils sont tellement immenses et statiques, et pourtant on dirait qu'ils vibrent, vous ne trouvez pas, chère ? Où est-ce que vous allez ? »

Pendant toute la descente, Rita se dit qu'elle va tomber. La pente est raide durant la première heure, partout les pierres sont instables. Elle n'y était pour rien dans tout cela. Elle a été envoyée ici, dans cet endroit, par sa sœur, qui comptait les points. Rita n'a jamais voulu ça. Elle déteste les montagnes, et les cimes ne lui font ni chaud ni froid. Elle, son truc, c'est les bateaux ; elle aime se prélasser au soleil sur un bateau, ou être en plein soleil les pieds enfouis dans le sable fin ! Comme la pente descend toujours à pic, elle court et puis saute et court et puis saute, volant sur six mètres à chaque bond, et lorsqu'elle atterrit, des centaines de pierres s'ébranlent et dévalent la pente, entraînant d'autres pierres dans leur chute. Elle ne serait jamais allée aussi loin si elle avait su que ça se passerait ainsi, que tout tournerait mal, qu'il ferait aussi froid, et que la pluie tomberait dans la tente de ces hommes. Elle arrive au campement supérieur, où les porteurs lui ont préparé le dîner, et sont allés se coucher sans jamais se réveiller. Ça ne peut pas être sa faute. Patrick est le premier responsable, et Frank juste après, et puis Jerry et Shelly, qui sont tous deux plus âgés, qui ont de l'expérience et auraient dû voir que quelque chose n'allait pas. Rita est la dernière personne à qui l'on puisse faire des reproches ; et puis il y avait Grant, qui était redescendu sans rien lui dire. Grant avait tout compris, n'est-ce pas ? Pourquoi devrait-elle être responsable de ce genre de choses ? Peut-être qu'elle n'est pas ici en ce moment, en train de dévaler cette montagne, et qu'elle n'y a jamais été. C'est quelque chose qu'elle pourra oublier. Il se peut qu'elle soit non-là — elle n'a jamais été là. Hier, elle s'est retrouvée à désirer une chose qu'elle n'avait jamais désirée, et elle est devenue quelqu'un d'autre et pourquoi grimper quand tout tourne mal ? Tous les jours les porteurs les ont devancés, les aidant à atteindre un endroit glacial où il y avait une vue magnifique et un vent violent, transportant des pastèques et du café, merde, et c'était mal et elle se sentait vide et honteuse. Elle voulait pouvoir dire à Gwen qu'elle l'avait fait ; elle voulait rapporter à J.J. et Frederick un caillou ou autre chose de là-haut, parce qu'alors ils penseraient que, finalement, elle était bonne à quelque chose, et un jour elle les retrouverait — oh mon Dieu, c'était un désastre et elle continue de courir, faisant glisser des éboulis devant elle, projetant des cailloux en bas de la montagne, parce qu'elle ne peut pas s'empêcher de courir, qu'elle ne peut pas s'empêcher d'emporter la montagne avec elle.

En bas, dix heures plus tard, elle est pieds nus depuis peu. Le jeune homme qui possède désormais ses chaussures, à qui elle les a données quand il lui a offert de les laver, l'a guidée vers une case ronde en tôle ondulée, et elle s'est réfugiée dans son obscurité fraîche. Derrière un bureau, encadré par des cartes, se tient un garde forestier tanzanien. Il a le visage grave.

« Est-ce que vous êtes allée jusqu'au sommet ? »

Elle acquiesce.

« Signez ici. »

Il ouvre un registre. Il tourne les pages, recherchant les derniers noms inscrits. Il y a des milliers de noms dans le livre, avec la nationalité et l'âge de chaque personne, ainsi qu'un espace pour les commentaires. Il lui trouve une place, sur l'une des dernières pages, en bas, et, à la suite de tous les noms, elle ajoute le sien.

DÉCOUVREZ LES FOLIO 2 €

Parutions de mai 2011

Dave EGGERS *Du haut de la montagne, une longue descente*

Dave Eggers, auteur du *Grand Quoi* (prix Médicis étranger 2009) signe une nouvelle haletante, dans laquelle l'angoisse et l'absurdité des hommes croissent à mesure que le sommet approche.

Gustave FLAUBERT *Un parfum à sentir ou Les Baladins* suivi de *Passion et vertu*

Dans ces deux textes méconnus, Gustave Flaubert, alors tout jeune écrivain, nous offre deux magnifiques portraits de femmes qui annoncent déjà l'inoubliable Emma Bovary.

Carlos FUENTES *En bonne compagnie* suivi de *La chatte de ma mère*

Entre contes gothiques et fantastiques, le grand maître de la littérature mexicaine mène son lecteur par le bout du nez dans un univers inquiétant. Qui sont les morts, qui sont les vivants ?

Théophile GAUTIER *La cafetière* et autres contes fantastiques

Vampires, succubes, fantasmes, cafetières dansantes... Trois contes étonnants par l'inventeur du « fantastique en habit noir ».

Ernest HEMINGWAY *Une drôle de traversée*

Cette nouvelle inédite est à l'origine du célèbre roman d'Hemingway *En avoir ou pas*, adapté au cinéma par Howard Hawks (*Le port de l'angoisse*) avec Humphrey Bogart et Lauren Bacall.

Alona KIMHI *Journal de Berlin*

Avec une écriture au pouvoir évocateur exceptionnel, Alona Kimhi, voix majeure de la jeune littérature israélienne, nous entraîne dans l'univers précaire et douloureux d'une jeune femme désemparée.

LUCRÈCE *« L'esprit et l'âme se tiennent étroitement unis »*

Héritier d'Épicure et de Démocrite, Lucrèce dresse le tableau le plus lisible de la pensée matérialiste de l'Antiquité.

Un petit livre pour méditer sur le corps et l'esprit !

Claire MESSUD — *Les chasseurs*

Un récit obsessionnel et fort de Claire Messud, une des voix majeures de la littérature américaine contemporaine.

Kenzaburô ÔÉ — *Seventeen*

Inspirée de faits réels, cette nouvelle du grand maître de la littérature japonaise contemporaine (Prix Nobel de littérature 1994) nous plonge dans le mal-être du Japon des années soixante.

P. G. WODEHOUSE — *Une partie mixte à trois* et autres nouvelles du green

Quelques nouvelles *so british* pour découvrir l'un des maîtres de l'humour anglais.

Dans la même collection

M. D'AGOULT	*Premières années* (Folio n° 4875)
R. AKUTAGAWA	*Rashômon* et autres contes (Folio n° 3931)
R. AKUTAGAWA	*La vie d'un idiot* précédé d'*Engrenage* (Folio n° 5163)
E. ALMASSY	*Petit éloge des petites filles* (Folio n° 4953)
AMARU	*La Centurie. Poèmes amoureux de l'Inde ancienne* (Folio n° 4549)
P. AMINE	*Petit éloge de la colère* (Folio n° 4786)
M. AMIS	*L'état de l'Angleterre* précédé de *Nouvelle carrière* (Folio n° 3865)
H. C. ANDERSEN	*L'elfe de la rose* et autres contes du jardin (Folio n° 4192)
H. C. ANDERSEN	*La Vierge des glaces* (Folio n° 5120)
ANONYME	*Ma'rûf le savetier*. Un conte des *Mille et Une Nuits* (Folio n° 4317)
ANONYME	*Le Petit-Fils d'Hercule* (Folio n° 5010)

ANONYME	*Le poisson de jade et l'épingle au phénix* (Folio n° 3961)
ANONYME	*Saga d'Eiríkr le Rouge* suivi de *Saga des Groenlandais* (Folio n° 5164)
ANONYME	*Saga de Gísli Súrsson* (Folio n° 4098)
G. APOLLINAIRE	*Les Exploits d'un jeune don Juan* (Folio n° 3757)
ARAGON	*Le collaborateur* et autres nouvelles (Folio n° 3618)
I. ASIMOV	*Mortelle est la nuit* précédé de *Chante-cloche* (Folio n° 4039)
S. AUDEGUY	*Petit éloge de la douceur* (Folio n° 4618)
AUGUSTIN (SAINT)	*La Création du monde et le Temps* suivi de *Le Ciel et la Terre* (Folio n° 4322)
MADAME D'AULNOY	*La Princesse Belle Étoile et le prince Chéri* (Folio n° 4709)
J. AUSTEN	*Lady Susan* (Folio n° 4396)
M. AYMÉ	*La bonne peinture* (Folio n° 5011)
H. DE BALZAC	*La Fausse Maîtresse* (Folio n° 5063)
H. DE BALZAC	*L'Auberge rouge* (Folio n° 4106)
H. DE BALZAC	*Les dangers de l'inconduite* (Folio n° 4441)
É. BARILLÉ	*Petit éloge du sensible* (Folio n° 4787)
J. BARNES	*À jamais* et autres nouvelles (Folio n° 4839)
F. BARTELT	*Petit éloge de la vie de tous les jours* (Folio n° 4954)
S. DE BEAUVOIR	*La Femme indépendante* (Folio n° 4669)
A. BELLO	*Go Ganymède !* (Folio n° 5165)

T. BENACQUISTA	*La boîte noire* et autres nouvelles (Folio n° 3619)
K. BLIXEN	*L'éternelle histoire* (Folio n° 3692)
K. BLIXEN	*Saison à Copenhague* (Folio n° 4911)
BOILEAU-NARCEJAC	*Au bois dormant* (Folio n° 4387)
M. BOULGAKOV	*Endiablade* (Folio n° 3962)
M. BOULGAKOV	*J'ai tué* et autres récits (Folio n° 5012)
P. BOWLES	*L'éducation de Malika* (Folio n° 5121)
R. BRADBURY	*Le meilleur des mondes possibles* et autres nouvelles (Folio n° 5062)
R. BRADBURY	*Meurtres en douceur* et autres nouvelles (Folio n° 4143)
L. BROWN	*92 jours* (Folio n° 3866)
S. BRUSSOLO	*Trajets et itinéraires de l'oubli* (Folio n° 3786)
R. CAILLOIS	*Noé* et autres textes (Folio n° 4955)
J. M. CAIN	*Faux en écritures* (Folio n° 3787)
MADAME CAMPAN	*Mémoires sur la vie privée de Marie-Antoinette* (Folio n° 4519)
A. CAMUS	*Jonas ou l'artiste au travail* suivi de *La pierre qui pousse* (Folio n° 3788)
A. CAMUS	*L'été* (Folio n° 4388)
T. CAPOTE	*Cercueils sur mesure* (Folio n° 3621)
T. CAPOTE	*Monsieur Maléfique* et autres nouvelles (Folio n° 4099)
A. CARPENTIER	*Les élus* et autres nouvelles (Folio n° 3963)
CASANOVA	*Madame F.* suivi de *Henriette* (Folio n° 4956)
M. DE CERVANTÈS	*La petite gitane* (Folio n° 4273)

A. VON CHAMISSO	*L'étrange histoire de Peter Schlemihl* (Folio n° 5166)
R. CHANDLER	*Un mordu* (Folio n° 3926)
I. DE CHARRIÈRE	*Sir Walter Finch et son fils William* (Folio n° 4708)
J. CHEEVER	*Une Américaine instruite* précédé de *Adieu, mon frère* (Folio n° 4840)
G. K. CHESTERTON	*Trois enquêtes du Père Brown* (Folio n° 4275)
E. M. CIORAN	*Ébauches de vertige* (Folio n° 4100)
COLLECTIF	*L'art du baiser* (Folio n° 5167)
COLLECTIF	*Au bonheur de lire* (Folio n° 4040)
COLLECTIF	*Au pied du sapin* (Folio n° 5122)
COLLECTIF	*« Dansons autour du chaudron »* (Folio n° 4274)
COLLECTIF	*Des mots à la bouche* (Folio n° 3927)
COLLECTIF	*« Il pleut des étoiles »* (Folio n° 3864)
COLLECTIF	*« Leurs yeux se rencontrèrent... »* (Folio n° 3785)
COLLECTIF	*L'œil du serpent.* Contes folkloriques japonais (Folio n° 5060)
COLLECTIF	*« Ma chère Maman... »* (Folio n° 3701)
COLLECTIF	*« Mon cher Papa... »* (Folio n° 4550)
COLLECTIF	*« Mourir pour toi »* (Folio n° 4191)
COLLECTIF	*« Parce que c'était lui ; parce que c'était moi »* (Folio n° 4097)
COLLECTIF	*« Que je vous aime, que je t'aime ! »* (Folio n° 4841)
COLLECTIF	*Sur le zinc* (Folio n° 4781)
COLLECTIF	*Un ange passe* (Folio n° 3964)
COLLECTIF	*1, 2, 3... bonheur !* (Folio n° 4442)

A. CONAN DOYLE	*L'interprète grec* et autres aventures de Sherlock Holmes (Folio n° 5013)
A. CONAN DOYLE	*Une affaire d'identité* et autres aventures de Sherlock Holmes (Folio n° 5015)
CONFUCIUS	*Les Entretiens* (Folio n° 4145)
J. CONRAD	*Jeunesse* (Folio n° 3743)
J. CONRAD	*Le retour* (Folio n° 4737)
F. CONROY	*Le cas mystérieux de R.* et autres nouvelles (Folio n° 5014)
B. CONSTANT	*Le Cahier rouge* (Folio n° 4639)
J. CORTÁZAR	*L'homme à l'affût* (Folio n° 3693)
J. CORTÁZAR	*La porte condamnée* et autres nouvelles fantastiques (Folio n° 4912)
J. CRUMLEY	*Tout le monde peut écrire une chanson triste* et autres nouvelles (Folio n° 4443)
D. DAENINCKX	*Ceinture rouge* précédé de *Corvée de bois* (Folio n° 4146)
D. DAENINCKX	*Leurre de vérité* et autres nouvelles (Folio n° 3632)
D. DAENINCKX	*Petit éloge des faits divers* (Folio n° 4788)
R. DAHL	*Gelée royale* précédé de *William et Mary* (Folio n° 4041)
R. DAHL	*L'invité* (Folio n° 3694)
R. DAHL	*Le chien de Claude* (Folio n° 4738)
S. DALI	*Les moustaches radar (1955-1960)* (Folio n° 4101)
V. DELECROIX	*Petit éloge de l'ironie* (Folio n° 5123)
M. DÉON	*Une affiche bleue et blanche* et autres nouvelles (Folio n° 3754)

R. DEPESTRE — *L'œillet ensorcelé* et autres nouvelles (Folio n° 4318)

R. DETAMBEL — *Petit éloge de la peau* (Folio n° 4482)

P. K. DICK — *Ce que disent les morts* (Folio n° 4389)

P. K. DICK — *Petit déjeuner au crépuscule* et autres nouvelles (Folio n° 5124)

D. DIDEROT — *Lettre sur les aveugles à l'usage de ceux qui voient* (Folio n° 4042)

F. DOSTOÏEVSKI — *La femme d'un autre et le mari sous le lit* (Folio n° 4739)

R. DUBILLARD — *Confession d'un fumeur de tabac français* (Folio n° 3965)

A. DUMAS — *La Dame pâle* (Folio n° 4390)

A. DUMAS — *La main droite du sire de Giac* et autres nouvelles (Folio n° 5184)

I. EBERHARDT — *Amours nomades* (Folio n° 4710)

M. ELIADE — *Incognito à Buchenwald...* précédé de *Adieu !...* (Folio n° 4913)

M. EMBARECK — *Le temps des citrons* (Folio n° 4596)

S. ENDO — *Le dernier souper* et autres nouvelles (Folio n° 3867)

ÉPICTÈTE — *De la liberté* précédé de *De la profession de Cynique* (Folio n° 4193)

W. FAULKNER — *Le Caïd* et autres nouvelles (Folio n° 4147)

W. FAULKNER — *Une rose pour Emily* et autres nouvelles (Folio n° 3758)

C. FÉREY — *Petit éloge de l'excès* (Folio n° 4483)

F. S. FITZGERALD — *L'étrange histoire de Benjamin Button* suivi de *La lie du bonheur* (Folio n° 4782)

F. S. FITZGERALD — *La Sorcière rousse* précédé de *La coupe de cristal taillé* (Folio n° 3622)

F. S. FITZGERALD	*Une vie parfaite* suivi de *L'accordeur* (Folio n° 4276)
É. FOTTORINO	*Petit éloge de la bicyclette* (Folio n° 4619)
C. FUENTES	*Apollon et les putains* (Folio n° 3928)
C. FUENTES	*La Desdichada* (Folio n° 4640)
GANDHI	*La voie de la non-violence* (Folio n° 4148)
F. GARCÍA LORCA	*Romancero gitan* suivi de *Chant funèbre pour Ignacio Sanchez Mejias* (Folio n° 5061)
R. GARY	*Les trésors de la mer Rouge* (Folio n° 4914)
R. GARY	*Une page d'histoire* et autres nouvelles (Folio n° 3753)
J.-B. GENDARME	*Petit éloge des voisins* (Folio n° 5125)
MADAME DE GENLIS	*La Femme auteur* (Folio n° 4520)
A. GIDE	*Souvenirs de la cour d'assises* (Folio n° 4842)
J. GIONO	*Arcadie... Arcadie...* précédé de *La pierre* (Folio n° 3623)
J. GIONO	*Notes sur l'affaire Dominici* suivi de *Essai sur le caractère des personnages* (Folio n° 4843)
J. GIONO	*Prélude de Pan* et autres nouvelles (Folio n° 4277)
V. GOBY	*Petit éloge des grandes villes* (Folio n° 4620)
G. GOFFETTE	*Les derniers planteurs de fumée* (Folio n° 5168)
N. GOGOL	*Une terrible vengeance* (Folio n° 4395)

W. GOLDING	*L'envoyé extraordinaire* (Folio n° 4445)
W. GOMBROWICZ	*Le festin chez la comtesse Fritouille* et autres nouvelles (Folio n° 3789)
H. GUIBERT	*La chair fraîche* et autres textes (Folio n° 3755)
E. HEMINGWAY	*L'étrange contrée* (Folio n° 3790)
E. HEMINGWAY	*Histoire naturelle des morts* et autres nouvelles (Folio n° 4194)
E. HEMINGWAY	*La capitale du monde* suivi de *L'heure triomphale de Francis Macomber* (Folio n° 4740)
C. HIMES	*Le fantôme de Rufus Jones* et autres nouvelles (Folio n° 4102)
E. T. A. HOFFMANN	*Le Vase d'or* (Folio n° 3791)
A. HUXLEY	*Le jeune Archimède* précédé de *Les Claxton* (Folio n° 4915)
J.-K. HUYSMANS	*Sac au dos* suivi de *À vau-l'eau* (Folio n° 4551)
P. ISTRATI	*Mes départs* (Folio n° 4195)
H. JAMES	*Daisy Miller* (Folio n° 3624)
H. JAMES	*Le menteur* (Folio n° 4319)
H. JAMES	*De Grey, histoire romantique* (Folio n° 4957)
R. JAUFFRET	*Ce que c'est que l'amour* et autres microfictions (Folio n° 4916)
JI YUN	*Des nouvelles de l'au-delà* (Folio n° 4326)
T. JONQUET	*La folle aventure des Bleus...* suivi de *DRH* (Folio n° 3966)
F. KAFKA	*Lettre au père* (Folio n° 3625)
P. KÉCHICHIAN	*Petit éloge du catholicisme* (Folio n° 4958)
J. KEROUAC	*Le vagabond américain en voie de disparition* précédé de *Grand voyage en Europe* (Folio n° 3694)

J. KESSEL	*Makhno et sa juive* (Folio n° 3626)
J. KESSEL	*Une balle perdue* (Folio n° 4917)
R. KIPLING	*La marque de la Bête* et autres nouvelles (Folio n° 3753)
N. KUPERMAN	*Petit éloge de la haine* (Folio n° 4789)
J.-M. LACLAVETINE	*Petit éloge du temps présent* (Folio n° 4484)
MADAME DE LAFAYETTE	*Histoire de la princesse de Montpensier* et autres nouvelles (Folio n° 4876)
J. DE LA FONTAINE	*Comment l'esprit vient aux filles* et autres contes libertins (Folio n° 4844)
LAO SHE	*Histoire de ma vie* (Folio n° 3627)
LAO SHE	*Le nouvel inspecteur* suivi de *Le croissant de lune* (Folio n° 4783)
LAO-TSEU	*Tao-tö king* (Folio n° 3696)
V. LARBAUD	*Mon plus secret conseil...* (Folio n° 4553)
B. LECLAIR	*Petit éloge de la paternité* (Folio n° 5126)
J. M. G. LE CLÉZIO	*Peuple du ciel* suivi de *Les bergers* (Folio n° 3792)
M. LERMONTOV	*La Princesse Ligovskoï* (Folio n° 4959)
LIE-TSEU	*Sur le destin* et autres textes (Folio n° 4918)
J. LONDON	*La piste des soleils* et autres nouvelles (Folio n° 4320)
P. LOTI	*Les trois dames de la Kasbah* suivi de *Suleïma* (Folio n° 4446)
H. P. LOVECRAFT	*La peur qui rôde* et autres nouvelles (Folio n° 4194)

H. P. LOVECRAFT	*Celui qui chuchotait dans les ténèbres* (Folio n° 4741)
H. P. LOVECRAFT	*L'horreur de Dunwich* (Folio n° 5169)
P. MAGNAN	*L'arbre* (Folio n° 3697)
K. MANSFIELD	*Mariage à la mode* précédé de *La Baie* (Folio n° 4278)
MARC AURÈLE	*Pensées (Livres I-VI)* (Folio n° 4447)
MARC AURÈLE	*Pensées (Livres VII-XII)* (Folio n° 4552)
G. DE MAUPASSANT	*Apparition* et autres contes de l'étrange (Folio n° 4784)
G. DE MAUPASSANT	*Le Verrou* et autres contes grivois (Folio n° 4149)
I. McEWAN	*Psychopolis* et autres nouvelles (Folio n° 3628)
H. MELVILLE	*Les Encantadas, ou Îles Enchantées* (Folio n° 4391)
P. MICHON	*Vie du père Foucault – Vie de Georges Bandy* (Folio n° 4279)
H. MILLER	*Lire aux cabinets* précédé de *Ils étaient vivants et ils m'ont parlé* (Folio n° 4554)
H. MILLER	*Plongée dans la vie nocturne…* précédé de *La boutique du Tailleur* (Folio n° 3929)
R. MILLET	*Petit éloge d'un solitaire* (Folio n° 4485)
S. MINOT	*Une vie passionnante* et autres nouvelles (Folio n° 3967)
Y. MISHIMA	*Dojoji* et autres nouvelles (Folio n° 3629)
Y. MISHIMA	*Martyre* précédé de *Ken* (Folio n° 4043)

Y. MISHIMA	*Papillon* suivi de *La lionne* (Folio n° 4845)
M. DE MONTAIGNE	*De la vanité* (Folio n° 3793)
E. MORANTE	*Donna Amalia* et autres nouvelles (Folio n° 4044)
A. DE MUSSET	*Emmeline* suivi de *Croisilles* (Folio n° 4555)
A. DE MUSSET - G. SAND	*« Ô mon George, ma belle maîtresse... »* (Folio n° 5127)
V. NABOKOV	*Un coup d'aile* suivi de *La Vénitienne* (Folio n° 3930)
I. NÉMIROVSKY	*Ida* suivi de *La comédie bourgeoise* (Folio n° 4556)
P. NERUDA	*La solitude lumineuse* (Folio n° 4103)
G. DE NERVAL	*Pandora* et autres nouvelles (Folio n° 4742)
F. NIWA	*L'âge des méchancetés* (Folio n° 4444)
G. OBIÉGLY	*Petit éloge de la jalousie* (Folio n° 4621)
F. O'CONNOR	*Un heureux événement* suivi de *La Personne Déplacée* (Folio n° 4280)
K. OÉ	*Gibier d'élevage* (Folio n° 3752)
J.C. ONETTI	*À une tombe anonyme* (Folio n° 4743)
L. OULITSKAÏA	*La maison de Lialia* et autres nouvelles (Folio n° 4045)
C. PAVESE	*Histoire secrète* et autres nouvelles (Folio n° 5016)
C. PAVESE	*Terre d'exil* et autres nouvelles (Folio n° 3868)
P. PÉJU	*L'idiot de Shanghai* et autres nouvelles (Folio n° 4960)

C. PELLETIER	*Intimités* et autres nouvelles (Folio n° 4281)
P. PELOT	*Petit éloge de l'enfance* (Folio n° 4392)
PIDANSAT DE MAIROBERT	*Confession d'une jeune fille* (Folio n° 4392)
L. PIRANDELLO	*Première nuit* et autres nouvelles (Folio n° 3794)
E. A. POE	*Aventure sans pareille d'un certain Hans Pfaall* (Folio n° 3862)
E. A. POE	*Petite discussion avec une momie* et autres histoires extraordinaires (Folio n° 4558)
G. POLET	*Petit éloge de la gourmandise* (Folio n° 5128)
J.-B. POUY	*La mauvaise graine* et autres nouvelles (Folio n° 4321)
M. PROUST	*L'affaire Lemoine* (Folio n° 4325)
M. PROUST	*La fin de la jalousie* et autres nouvelles (Folio n° 4790)
QIAN ZHONGSHU	*Pensée fidèle* suivi de *Inspiration* (Folio n° 4324)
R. RENDELL	*L'Arbousier* (Folio n° 3620)
J. RHYS	*À septembre, Petronella* suivi de *Qu'ils appellent ça du jazz* (Folio n° 4448)
MADAME RICCOBONI	*Histoire de M. le marquis de Cressy* (Folio n° 4877)
R. M. RILKE	*Au fil de la vie* (Folio n° 4557)
MADAME ROLAND	*Enfance* (Folio n° 5064)
P. ROTH	*L'habit ne fait pas le moine* précédé de *Défenseur de la foi* (Folio n° 3630)

Composition Nord Compo
Impression Novoprint
à Barcelone, le 4 avril 2011
Dépôt légal : avril 2011

ISBN 978-2-07-044088-7./Imprimé en Espagne.

178869